KB198824

머구리에서 무거리로

* 이 책은 서울문화재단의 원로예술인지원사업 지원금을 받아 펴냅니다.

안학수소설집

머구리에서 무거리로

2024년 12월 14일 제1판 제1쇄 발행

지은이 안학수
펴낸이 강봉구

펴낸곳 작은숲출판사
등록번호 제406-2013-0000801호
주소 경기도 파주시 신촌로 21-30(신촌동)
전화 070-4067-8560
팩스 0505-499-8560
홈페이지 http://www.littleforestpublish.co.kr
이메일 littlef2010@naver.com

ISBN 979-11-6035-161-3 03810
값은 뒤표지에 있습니다.

안학수 소설집

머구리에서 무거리로

작은숲

차례

안학수소설 1

종말이 지나간 세상

경찰서 취조실이 생소하다. 내부를 처음 보기도 하지만 경찰의 질문과 자세에서 풍기는 분위기가 더 낯설다. 재문은 배에서 내리자마자 경찰서로 달려왔다. 조업 중 경찰서로 오라는 통보를 받았기 때문이다. 아이가 아파서 병원에 간 것이 무슨 문제가 있기에 자신에게 경찰서로 오라는지 도무지 알 길이 없었다. 아이가 얼마나 어떻게 아프기에 돌보고 있을 영선과 연락도 되지 않고 있다. 재문을 담당하여 조사하는 형사는 계급을 알 수 없는 사복 차림이었다. 그가 신분증을 요구해 뒷주머니에 있던 지갑을 빼려니 잘 안 나온다. 낑낑거리며 빼서 제시하고 확인하는 동안 자리에 앉아 기다렸다.

"오시라는 통보를 드린 지 언제인데 이제 오셨습니까? 구속 영장 신청하려는 중이었어요."

들어오라는 날짜를 사흘이나 넘겼으니, 불만의 소리를 들을 만도 하다.

"바다서 조업 중이라구 했잖유, 나 때미 조업을 중단시킬 수두 읎는디 오떻기 빨리 와유? 시방두 배서 내리자마자 집이두 뭇 들어가구 직통으루다 여루 온 건디유. 조업허는 게 그냥 그물 쳐서 잡는 게 아녀유. 제철에 잡어야 허구 물때두 맞춰야 되구, 시간두 다투는 거라서유."

재문은 큰 죄를 지은 양 주눅이 들어서 고개를 숙인 채 구차하게 늘어놓았다. 그런 재문을 흘낏 쳐다본 형사는 컴퓨터에 시선을 박고 키보드를 두드리며 물었다.

"아기를 왜 그토록 방치했습니까?"

재문은 너무도 어이없는 질문이라서 고개를 들고 눈을 홉뜨고 말했다.

"애기를 방치허다뉴? 그러잖아두 그 소릴 배서 들었을 때부터 이상했슈. 애 엄마가 데리구 있는 애기를 방치허다뉴? 뭔가 잘뭇 알구 기신가 봐유."

형사도 답답한지 키보드를 두드리던 손을 멈추고 재문을 쏘아보며 추궁한다.

"거짓말로 꾸며 댈 생각 마시고 똑바로 얘기하세요! 조사하면 다 들통날 테니까."

"아니 시방 애 엄마가 같이 병원에 있을 거 아뉴? 병원에 연락해 보셔유!"

질세라 재문의 목소리도 높아졌다. 뜨악한 표정으로 보던 경찰은 답답한지 한숨을 내쉬고 목소리를 낮추어 반박했다.

"엄마하고 있는 애가 그 지경이 돼요? 지금도 병원에 엄마는커녕 의사 간호사들 말고는 아무도 아기를 돌보는 사람이 없어요."

"예? 애 혼저 있다구유?"

형사는 재문의 표정을 살피며 한숨을 내쉬었다.

"김재문 씨를 아동 학대 용의자로 여기는 까닭이 뭐겠소? 우리가 아기를 발견했을 땐 얼마나 굶주리며 울었는지, 탈진해서 꼼짝도 안 하길래 숨을 거둔 줄 알았어요."

형사의 말을 듣는 순간 재문은 충격을 받아 몇 초 동안 모든 감각이 멈추었다. 몸을 부르르 떨며 자리에서 일어나려다 털썩 주저앉았다.

영선은 도대체 어디서 무엇을 한 것인가? 애를 그 지경으로 방치하고 여태 나타나지도 못하다니…. 영선에게 부아가 치민다. 하지만 화를 낼 만한 근거가 무엇인가? 영선에 대해 짐작될 만한 그 어떤 일도 확실한 것이 없다. 아무래도 영선에게 무슨 일이 생긴 것이다.

혼잣속으로 생각하던 재문은 정신을 가다듬고 사태부터 파악해 보자고 생각했다, 처음부터 짚어 가며 냉정하게 풀어 가야 할 것 같다.

"형사님, 지가 바다 나가던 날 틀림읎이 애 엄마가 애기랑 한치 있었슈. 애만 혼저 두구 읎다구유? 그렇담 아무래두 애 엄마헌티 무슨 일이 생겼나 봐유. 형사님이 애 엄마버텀 찾어보세유."

경찰은 어이없다는 표정으로 입을 벌린 채 쏘아보며 물었다.

"아기는 걱정되지 않아요? 한 마디도 묻지 않으시네."

재문은 형사의 질문을 받자 아차 싶다. 순간적으로 영선 걱정에 아기는 뒤로 밀린 거였다. 영선이 데리고 있었을 아기가 큰 문제가 있으랴 하는 심리도 있었다. 그냥 놀래거나 오래 울어서 탈진했을 것이라고 짐작하는 정도였다. 형사의 언질에 심상치 않은 느낌이 들어서 직수굿이 물었다.

"애가 을마나 오떻간 그래유?"

심정으로야 당장에라도 병원부터 가 보고 싶다. 형사는 핀잔투로 중얼댔다.

"여태까지 중환자실에서 깨어나지 못하고 있어요."

재문은 경악했다. 금방이라도 울음이 터져 나올 것 같은 심정을 누르며 간신히 버텨 냈다.

"혀, 형사님 울 애기 있는 병원이 오디유?"

형사는 됐으니 그냥 패스한다는 표정으로 대답 대신 키보드에 시선을 박았다.

재문이 홍아를 만난 지 두 해가 지났다. 그동안 홍아는 재문 자신보다 더 귀중하고도 자신의 전부로 여길 만큼 사랑하는 딸이 되었다.

홍아를 완전히 자신의 딸로 받아들이던 날이 떠오른다. 형식적이거나 가식이 아닌 진심으로 홍아의 아빠가 되기로 결심한 날이었다. 그날 재문은 오랜만에 라면을 끓였다. 영선을 만나기 전 자취를 할 땐 늘 상자로 쌓아 놓고 주식으로 삼았었다. 그때 질려서 '다시는 끓이는 일이 없다' 했던 라면이다. 그날도 자신이 먹으려고 끓인 게 아니다. 홍아에게 먹이기 위해 끓인 것이다. 자신이 먹기 위해 끓이던 때보다 더 정성을 들여 끓였다. 영선은 그날도 무슨 바쁜 일이 있는지 홍아에게 밥도 먹이지 않고 외출했다. 그렇게 알 수 없는 외출이 잦았지만, 활동성 있게 살다 보면 바쁘거나 돌발 상태에 처할 수도 있을 거라고 믿어 주었다. 배가 고파 칭얼거리는 홍아를 어쩌지 못해 재문이 라면이라도 끓여 먹이기로 한 것이었다.

라면은 물을 자작자작하게 하면 너무 짜다. 먹기 좋게 끓이려면 물이 많을 듯해야 끓을 때 졸아서 먹기에 좋다. 홍아가 좋아하는 햄도 조금 넣고, 계란도 넣었다. 홍아 혼자 먹기엔 너무 많은 양이었다. 남는다고 버리는 건 더더욱 싫다. 절반은 재문이 먹어야 했다. 수프를 넣고 한 번 더 끓이면 초벌 익힘이 되어 면발이 꼬들꼬들했다. 홍아에게 뜨거울 것이니 젓가락으로 저으며 식혔다.

"우리 홍아, 라면 먹자!"

집에 데려올 당시에 생후 40개월이었던 홍아는 밝고 총명했다. 여아답게 애교 있고 명랑하면서도 보채지 않고 고분고분했다. 맑고 까만 눈동자가 똘망똘망하니 순한 성격이 얼굴에 그대로 나타났다.

"뜨거우니께 불메 식혀 먹으야 혀."

젓가락질을 못하니 유아용 집게를 주었지만, 그것마저도 라면을 먹기엔 매우 서툴렀다. 자립성을 갖추게 하려던 생각을 미루었다. 젓가락으로 매운 김치를 물에 헹구어 라면과 함께 먹여 주었다.

"애해해해."

연신 웃어 대며 넙죽넙죽 잘 받아먹으며 좋아했다. 재문이가 먹여 주는 것이 그리도 재미있었던가? 재문도 그런 홍아가 무척 귀여웠다. 고단한 재문에게 저절로 웃음기를 머금게 했다. 누가 저토록 어여쁜 아이를 미워하거나 싫어할 수 있을까? 늙은 총각이었던 자신에게 큰 행운이라 생각될 정도로 홍아가 귀중스럽게만 보였다. 홍아는 점점 하는 짓과 말씨까지 재문을 순화하고 승화시켜 나갔다.

"아빠, 심 내셔유. 홍아가 있잖아유."

애교 떨며 불러 주던 노랫말처럼, 홍아 보는 재미로 하루하루를 살았다고 해도 과언이 아닐 것이다. 영선이 재문을 만나며 가장 잘한 일이 홍아를 데려온 것으로 생각할 정도였다.

왜 그 홍아가 걱정되지 않았겠는가? 혹시나 자신이 나대다 날아갈까, 꺼져 없어질까 묵직이 참는 마음으로 대하는 것이다. 그 홍아가 혼절해 깨나지 못하고 있다니 벌렁벌렁하는 가슴이 쉽게 진정되질 않는다.

"형사님! 저 병원 점 먼처 대녀오면 안 될까유? 애기가 오떤지 내 눈으루다 확인허야 것슈."

"보내 드릴 수 있을지는 조사 끝나 봐야 알 것입니다."

형사는 냉정하고도 생명 없는 기계처럼 건조하게 사무적인 대꾸를 했다. 재문은 홍아가 영선이 없이 얼마를 혼자 있었기에 굶주림에 정신을 잃게 되었는지, 왜 영선은 그렇게 사라졌는지 모든 일이 혼란하다.

"그러니까, 김재문 씨는 바다에 나가서 열흘 만에 들어오셨다고요?"

"그랬다니께유."

"무엇 때문에 바다에 가셨는지, 무슨 배를 타셨는지 자세히 말씀해 보세요."

자신이 거짓말을 하는지 확인하기 위한 질문일 것이다. 홍아에 대한 자괴감에 탈진한 재문은 질문에 대답하기도 버거웠다.

"애를 방치헌 거랑은 상관읎는 일이잖어유."

재문의 대답에 형사는 키보드에 꽂고 있던 시선을 재문의 눈에 꽂는다.

"묻는 말에나 대답하세요. 상관있고 없고는 내가 판단할 테니까."

"장어잡이 배 칠성호 탔어유, 원산도 편 씨네 배니께 알어 보셔유."

"얼마나 먼 바다기에 열흘씩이나 나가 있어요?"

"먼 바다기보담두 장어 잽히는 철인디다가 물때랑 맞어야 조업이 되는디, 항구루 들락거리메 온제 그물을 늫구 건지구 허겄슈? 자리 깔구 바지 벗다가 존 기회 놓치는 꼴이지유. 그냥 바다서 먹구 자매 조업허기두 눈코 뜰 새 읎이 바뻐유."

사실상 운반선이든 어떤 배든 항구로 들어오는 배를 얻어 타면 들어올 수 있다. 하지만 일손이 늘 부족한데 조업 중에 빠져나오기란 쉽지 않다.

"그렇다면 열흘씩이나 집을 떠나면서 왜 아기를 방치하고 간 거요?"

"애기 했잖유. 애 엄마가 데리구 있었다구, 지를 난 지 엄마보담 더 믿어질 게 있나유? 근디, 그 애 엄마가 읎어진 게 이상허구두 수상허네유."

키보드를 두드리던 형사가 등받이에 몸을 젖히며 미간을 찌푸리고 뜨악한 눈으로 쏘아본다. 재문이 움찔했다.

"아기 어머니 성명과 생일을 말씀해 보세요."

형사는 짜증 섞인 말투를 누그러뜨리고 사무적으로 말했다.

"저랑 부부니께 지 주민등록 열어 보시면 다 나왔을 건디유. 이름이 박영선이어유."

키보드를 두드리던 형사 표정이 다시 굳어졌다.

"애를 낳은 엄마라고요? 박영선 씨는 아이를 낳은 적이 없고, 아기는 입양한 거로 돼 있는데 왜 거짓말을 해요?"

거짓말한다는 형사의 말에 부아가 치밀었지만 화내 봤자 득이 될 일이 아니었다.

"나랑 결혼허기 전까장은 사정이 있어 갖구서, 낳구두 등록헐 수 읎었나 봐유. 시설다 맡겨 놓았다 나랑 결혼허메 찾어온 거라던디유. 자신이 안 난 애럴 그냥 헐 리 읎잖유."

형사는 재문의 말을 믿을 수 없는지 의심을 거두는 눈치가 아니다. 처음 진술한 말과 같은지 반복되는 질문을 자꾸 해댔다.

"그렇다면 아이 엄마는 왜 아이를 그렇게 방치한 걸까요?"

"글쎄, 저두 그걸 물르겄슈. 분명히 그날 애 엄마가 델구 있었단 말유. 형사님이 애 엄마 즘 찾어보셔유. 그려야 답이 나올 테니께유"

형사가 조서 내용을 기록하며 추궁하듯이 묻는 말에 재문은 여러 번 말문이 막혔다. 아동 학대란다. 맞다 아동 학대란 말에 변명의 여지도 없다. 아이를 그토록 혼자 방치했으니 무슨 말로 변명을 할 수 있으랴. 재문은 어떤 처벌이라도 달게 받아야만 홍아에게 잘못한 것을 조금이라도 갚을 것 같다. 생각할수록 가슴이 에이고 미어지는 것 같다. 홍아가 안쓰럽고 미안하다. 영선이 돌아오기 전에 홍아가 무사히 깨어나길 빌었다.

생각해 보니 영선은 처음부터 지금까지 홍아에게 관심이 별로 없었다. 아이 이유식을 챙겨 주지 않아 재문이 뒤늦게 주면 허겁지겁 먹었고, 기저귀를 갈아 주지 않아 살이 짓무를 정도로 방치하기도 했다. 마치 하기 싫은 일을 억지로 하는 일처럼 홍아를 대했다. 경험 없는 미숙아 같은 엄마라서 그러려니 해왔다. 홍아 때문에 재문이 잔소리도 했었고 다툰 적도 몇 차례나 된다. 그때 홍아에게 그러는 까닭을 제대로 알아내지 못한 것이 후회된다.

조사를 끝내고 경찰서에서 나왔지만, 곧바로 홍아가 있는 병원으로 가지 못했다. 옷이라도 갈아입어야 홍아를 간병할 수 있을 것이기 때문에 서둘러 집으로 향했다.

재문에겐 농촌에서 노총각으로 환갑을 넘겨 버린 삼촌이 있다. 삼촌은 마흔셋에 중국 여인과 결혼식을 했었다. 신혼여행

중 첫날밤도 지내기 전에 신부가 도망쳤다. 그후 삼촌은 결혼을 완전 포기하고 지금까지 독신으로 지내고 있다. 자신이 그 삼촌의 뒤를 따르게 될까 고민해 오던 재문이었다. 그때 박영선이 나타난 것이다. 처음엔 서른넷인 재문이 띠동갑으로 스물둘인 영선의 젊은 나이가 부담스러웠다. 하루이틀 지낼 것도 아니고, 평생을 함께하기엔 세대 차이를 감당할 수 없을 것 같아 애초에 거부했었다. 삼촌의 전철을 밟게 될까 하는 기우이기도 했다. 아비 없는 사생아가 딸렸다기에 닫았던 마음을 열고 결국 받아들이게 되었다. 자신이 낳지 않은 아이를 호적에 올려 준 사람인데 배신할 까닭이 없을 것 같았다. 한번 받아들이기로 생각하고 나니 영선과의 모든 일들이 운명적으로 여겨졌다. 처음 대천역에서 만났을 때부터 예사롭지 않았다.

"아저씨 저, 실례하겠어요."

기차에서 내리자마자였다. 누가 등을 짚어오는지 얼른 돌아보니 동남아시아 쪽에서 온 듯 이국적인 얼굴이었다. 학생인지 아가씨인지 방년 가량으로 보였다. 그리 젊은 여인이 재문을 아는 척할 리 없어서 사람을 잘못 보고 그러려니 하고 시큰둥했다.

"그 가방 아저씨 것 맞나요? 제 것하고 바뀐 것 같아서요."

재문은 눈을 의심했다. 여인이 보여 주는 가방이 틀림없이 자신의 것이었기 때문이다. 자신이 메고 있는 것은 무엇인가, 하고 재문은 얼른 등에 메고 있던 가방을 벗어 보았다. 전체 생김새와 크기와 색깔, 달린 키링까지 완전히 여인이 들고 있는 것과 똑같았다. 잽싸게 메고 있던 가방을 벗어서 지퍼를 열고 내용물을 확인했다. 민망하게도 컴퓨터 교본으로 보이는 두껍고 큰 책 한 권과, 화장품 파우치와 손거울, 빗, 머플러 등 여성 용품이 보였다. 가방이 바뀐 것이었다.

"그만 보세욧!"

여인이 빼앗듯이 재문이 든 가방을 낚아채며 자신이 들고 있던 가방을 건네주었다. 그때서야 정신이 번쩍 든 재문은 부끄러워서 얼굴이 벌게졌다. 속으로 덜컥하며 겁도 났다. 만약 여인이 자신의 가방에 귀중품이라도 들었었노라고 우겨 대면 어쩔 것인가?

"미안합니다. 가방이 바뀐 줄 몰랐습니다."

"먼저 집어 든 제 잘못입니다. 죄송합니다."

오히려 여인이 사과를 해 오는 바람에 불쾌함도 불안감도 모두 일순에 사라졌다. 그때 그 일만이라면 지금까지 영선과 이어진 일은 없었을 것이다.

이틀 뒤였다. 재문은 그날 거의 마시지 않는 술을 모처럼 한잔 마시게 되었다. 함께한 이들을 따라간 식당이었다. 서빙을 누가 하는지 무관심한 재문은 여인을 얼른 알아보지 못했다.

"안녕하세요. 아저씨 또 뵙네요."

"예, 예? 나럴 본 적 있슈?"

불쑥 인사하는 여성이 얼른 생각나지 않아서 당황한 대답이었다.

"기차역에서 가방 때문에요."

배시시 웃으며 상냥하게 말하는 여인의 눈이 재문의 눈과 마주쳤다. 순간 자신이 그에게로 빨려드는 것 같아 얼른 얼굴을 돌려서 시선을 피했다. 자신의 나이로 방년 여인과 특별한 관계를 기대하기엔 언감생심이기 때문이었다. 이국적이었던 여인은 처음과 달리 이목구비가 뚜렷할 뿐 피부도 희고 분위기가 달라 보였다.

"아… 그날 가방은 고의가 아녔슈."

"무슨 말씀이세요? 가방을 먼저 들고나온 건 전데요."

상냥하고 솔직하다. 얼굴도 꽤 미인형이지만, 웃는 모습에 귀여움이 다분하고 사람을 끄는 매력을 지니고 있다. 순간적으로 그녀의 웃는 모습이 재문의 뇌리를 감전시키고 말았다. 음식을 주문하려고 메뉴판을 든 채로 잠시 멍했다.

"뭐해? 좋은 것 없어?"

재문 일행이 참견해 주지 않았다면 자신의 마음을 들킬 뻔했다.

"그냥 다 섞어진 스페샬루 허지."

얼떨결에 제일 비싼 메뉴를 선택하고 말았다.

그날 후에도 여인은 마치 약속이라도 한 듯이 재문이 가는 곳이면 나타났다. 저자에서, 카페에서, 마트에서, 심지어는 사우나 대중목욕탕 앞에서도 마주쳤었다. 만날수록 재문이 여인에게 빠져들고 있었다. 염치없겠지만 고백이라도 해야 할까, 고민하게 되었다. 그때까지 여인의 이름도 모르고 있었다.

민주단체에서 마련한 다큐 영화를 관람하기 위해 갔던 영화관이었다. 재문은 여인이 자신과 같은 성향임을 알게 되어 더 좋았다. 주민의 70% 이상이 보수 성향인 지역이다. 그 속에서 진보 의식을 갖춘 젊은 여인을 만난 건 매우 반가운 일이었다.

"어머! 오셨어요? 참 반갑네요."

늘 그렇듯 여인이 먼저 재문에게 인사했다. 재문은 속으로는 뛰어오를 듯이 반갑고 좋았으나 표 내지 않으려고 덤덤한 표정을 지었다. 여인이 구매한 좌석이 공교롭게도 재문이 앉는 좌석과 나란히 앉는 번호였다.

번호를 확인한 후 나란히 앉게 되었음을 안 여인은 팝콘을 한 봉지 샀다. 재문은 여인이 자신이 먹을 것만 산 거로 생각했으나, 여인은 같이 먹자는 듯 팝콘 컵을 재문 앞으로 내밀었다. 재문은 미처 자신이 생각을 못 한 것이 민망했다. 자연스럽게 한 주먹 꺼내어 입으로 가져갔다. 그렇게 팝콘 컵 안에서 손이 만나며 기분이 오묘해지며 한결 가까워졌다.

"아저씨 혼자시죠? 나랑 사귀시는 것 어떠세요?"

당돌하지만 재문이 스스로 못 긁는 가려운 곳을 긁어 주는 말이었다. 그렇지만 세상이 그리 녹녹지 않다는 것을 늘 염두에 무장하고 있는 재문이었다. 전화 사기가 만연하듯이, 돌연 미투로 나올 꽃뱀일 수도 있고 미인계로 현혹하는 사기꾼일 수 있기에 경계의 낯을 감출 수 없었다. 그렇지 않다면 중년에 다가선 촌구석 노총각에게 사귀자고 할 젊은 여인이 있을 리 없기 때문이다.

"나이 때문에 망설이시는 거면 그러실 필요 없어요. 아저씨보다야 많이 어리지만 나는 돌싱이나 마찬가지거든요."

"돌싱이면 이혼헌 경력이라두 있다는 거유?"

대꾸조차 무의미하다는 생각이 들지만, 생각과 달리 자꾸 끌려가고 있었다.

"아뇨, 결혼하거나 누구와 연애를 한 건 아닌데요. 어쩌다 애를 낳게 되었어요."

재문의 눈엔 여인이 전혀 애를 낳은 몸 같진 않아 보였다. 순진무구하고 어린 새내기로 보이기에 이성 상대로 생각할 수는 없었다. 다만 우연의 연속으로 자꾸 만나게 되는 것은 어쩔 수 없었다. 그렇게 만나지다가 자연스럽게 말을 놓을 만큼 친해져서야 정식 통성명을 하였다.

"본멩이 뭐랴? 나는 김재문인디."

"어머! 여태껏 서로 이름도 몰랐군요. 전 박영선이에요."

통성명하고 나니 더욱 임의로운 사이가 되었다. 함께 대작하며 정이 쌓였던가? 어느 밤에 여인이 던진 취중 청혼이 재문의 닫힌 마음을 활짝 열어 주었다.

"저와 결혼해 주시면 안 돼요? 아이에게 아빠가 필요해서요."

영선이 일 때문에 아이를 돌볼 수 없어서 시설에 맡겼다며 다시 데려오고 싶어 했다. 재문은 영선과의 결혼을, 자신에게 행운이 될 좋은 기회라 생각했다. 모두 흔쾌하게 받아들였다. 농촌 생활이 영선에게 힘들 것이란 판단으로 모두 정리하여 중소도시로 나온 것이다. 농투성이로 살던 재문에겐 이렇다 할 기술도 없고 사업에 투자할 만큼의 재산도 없었다. 20년 넘은 24평짜리 싸구려 아파트와 팔리지 않는 700평짜리 선산 땅을 소유하고 있을 뿐이었다. 나름대로 행복했지만, 가장이 되고 나니 혼자 지낼 때보다 생활비가 많이 필요했다. 궂은일 마른일 가리지 않고 닥치는 대로 나서서 해야 했다. 영선이 늦은 밤까지 하는 식당 일을 그만두게 하기 위해서라도 자신이 빨리 돈을 벌어야 했다. 영선은 단 한 번도 월급봉투를 보여 주거나 생활비에 보태 주지 않았다. 그만큼 지독하게 모으려는 것으로 생각했다. 재문이 돈을 시원찮게 벌어서는 가정을 유지할 수 없고 홍아의 미래도 보장할 수 없을 것으로 내다보였다. 고민하다가 비교적 목돈을 벌 수 있는 선망 조업 선원을 선택한 것이다. 대학 재학 시절 섬에 사는 친구 따라 아르바이트했었다.

그때 열흘 동안 장어잡이 배를 탔던 일이 조업 선원의 유일한 경험이었다. 몇 년만 하면 세 식구 살고도 시내서 생선 가게 하나 운영할 만큼은 벌 수 있을 것 같았다.

아파트 문을 열어 보니 엉망이다. 119가 홍아를 데려가느라 그랬는지, 경찰들이 조사하고 가느라 그랬는지, 현관 바닥에 신짝부터 각종 고지서와 우편물, 신문, 택배 박스 등이 흩어져 있다. 거실 바닥엔 홍아가 먹다 말았는지 흙투성이 무덩이와 빈 냄비와 엎어진 물그릇이 뒹굴고 있다. 재문은 가슴이 절절하니 숨이 막혔다. 미안하다는 말과 눈물이 저절로 터져 나왔다. 시야를 가리는 눈물을 닦을 새 없이 택시부터 불렀다. 옷장을 열어 속옷까지 갈아입고 내달렸다.

"홍아야, 미안하다. 내가 잘못했다."

면회 사절이었다. 신분증을 제시하여 보호자임을 밝혔다.

"아기가 어떻습니까?"

담당의사는 한심하다는 듯 재문을 쏘아보며 설명과 함께 질책했다.

"아무래도 어려울 것 같습니다. 오늘이 고비입니다. 아기가 굶주림에 아무거나 마구 집어먹어서 장이 파열되고 간 기능조차 망가져 있어서 수술조차 안 되겠습니다. 큰 수술을 감당하기엔 너무 어리기도 하고요. 지금 상태로는 다른 곳으로 이동도 불가합니다. 도대체 아기를 왜 그토록 버려 두셨습니까?"

재문은 충격이었다. 의사의 나무람이 아니라도 본인 스스로 크나큰 죄의식으로 참담했다.

홍아는 재문이 오기를 기다린 것처럼 그 밤을 넘기지 않고 세상을 떠났다. 재문은 홍아에게 미안하고도 미안하고, 불쌍하고도 불쌍하고, 안쓰럽고도 안쓰러워 가슴 절절하게 아프지만, 어찌해야 할지 몰라서 마냥 오열만 할 뿐이었다. 마지막으로라도 홍아에게 해 줄 수 있는 것이 아무것도 없었다.

"아~ 울 애기, 이 아빠 잘못이다. 홍아야~!"

재문은 아이처럼 주저앉아 발버둥치고 뒹굴며 오열했다. 시간이 지나면 아이가 회복할 수 있을 줄만 알았다. 목숨이 위태로울 정도로 아이가 상해 있을 줄은 아주 조금도 염두에 두지 않았다. 돈 없이 살 수 없는 세상에 태어나서 돈 없는 아비 만나 돈 때문에 방치된 녀석.

"아이구~ 울 애기~."

울어도 아무 소용 없는 현실이 원망스러웠다. 재문에겐 웃음 짓던 홍아의 얼굴을 떠올리며, 가슴에 죄책감을 지고 평생 살아갈 길만 남았다.

자신이 소유한 선산 땅 한쪽에 홍아를 안치하고 예쁜 홍매화 나무를 심어 놓았다. 아무 죄없는 생명, 착하고 예쁜 천사, 무엇으로 표현해도 부족한 보배로운 홍아를 신에게 빼앗긴 것이다.

그 신이 원망스럽다. 신에게 영선마저 빼앗길 수 없다. 재문에겐 영선이 홍아보다 못하지 않게 귀한 보배다. 어서 그 영선을 찾아야 한다. 경찰이 못 찾고 있으니 아무래도 영선이 단단히 잘못된 것 같아 불안하다. 재문은 홍매화 나무 곁에 서서 오래도록 생각에 잠겼다.

며칠째인지 못 마시는 술에 흠뻑 젖어 거실에 뒹굴고 있었다. 영선 소식을 기다리지만 감감하고 답답할 뿐이다. 정신 차리자고 씻고 나서 그동안 쌓인 우편물을 살폈다. 각종 고지서와 신문, 광고지 등이다. 버릴 것을 분류하던 재문은 은행 통보서를 보고 경악했다. 선산 땅도 아파트도 모두 은행 담보로 대출해서 그 이자가 석 달 치나 밀렸다는 통보였다. 영선이 한 짓인데 벌써 석 달씩이나 지나도록 모르고 있었다. 재문은 비틀거리며 떨리는 가슴을 부둥킨 채 은행 통보서를 들고 경찰서로 택시를 탔다.

"형사님, 이거 즘 보셔유, 그 사람헌티 큰 문제가 있는 게 틀림 읎네유. 수배 내… 려서… 라두… 찾어주…."

부들부들 떠는 손으로 통보서를 형사에게 내밀던 재문은 기운이 빠지며 멍해지더니 온 경찰서가 뺑하니 돌아갔다. 형사가 무슨 말인지 소리치는데 들리지 않고 눈이 감긴다. 온몸이 돌덩이로 변하는 것이었다.

먼 곳에서 아득한 여러 소리가 다가오고 갑자기 어둠이 밝아져 눈이 부시다. 아무것도 보이지 않다가 점점 초점이 잡히고 한 가지씩 눈에 들어온다. 매달린 수액이 보였다. 그 수액으로부터 투명한 호스가 내려와 재문의 팔뚝에 꽂힌 바늘과 연결되어 있다. 재문을 취조한 형사와 또 사복형사로 보이는 사내가 바로 옆에 서 있다.

"원흉은 여자야. 좀 전에 태국서 연락이 왔는데 신병 확보해서 조사 중이라네. 중국 국적인 자들과 함께 있었다는데, 아마도 보이스 피싱 조직인 것 같아. 전화 사기 혐의로 잡혀 온 자가 여자를 보더니 무척 친한 사이처럼 대하더래."

재문이 깨어난 줄도 모르고 둘이 나누는 이야기에 열중하고 있다.

"조심해, 듣겠네. 그런데 왜 갑자기 쓰러진 거야?"

"간호사 말로는 며칠씩 굶고 잠을 제대로 못 잔 탓에 기절한 거라더군."

"딸이 저리된 데다 부인까지 배신했으니 정신인들 온전하겠어?"

형사들의 말을 듣다 보니 아내를 찾지도 못한 마당에 수액이나 맞고 있는 자신이 한심했다. 재문이 몸을 벌떡 일으켜 팔뚝에서 바늘을 뽑고 신발을 찾아 발에 끼우고 있을 때였다.

"아직 더 있어야 합니다. 우리가 아기 방치로 인한 사망 사건 때문에라도 박영선 씨를 찾아야 해서 벌써 수배를 내리고 수사를 해 오고 있었습니다. 그런데 박영선 씨는 지금 여행 비자를 내고 태국에 나가 있습니다. 인터폴로 소환 신청 중이니 곧 들어오게 될 것입니다."

침대 옆에 서 있던 형사가 재문의 어깨를 눌러 제지했다. 바늘을 뺀 팔뚝에서 피가 솟구쳐 나와 침대 시트를 빨갛게 적셨다. 간호사가 달려와 지혈하고 수액 바늘을 반대쪽 팔뚝에 다시 꽂았다.

"휴식이 필요하셔서 안정제를 투여했으니 몇 시간 주무셔야 할 것입니다."

무슨 주사액을 놓든 재문은 간호사가 하는 일에 관심 없다.

"애엄마보다두 저헌티 책임이 더 많어유."

영선이 처벌받을 일이 될 모든 책임을 자신이 떠안을 생각이라서 형사에게 한 말이다.

"물론 김재문 씨도 구속을 안 할 뿐이지 혐의를 벗은 것이 아닙니다."

형사의 말씨는 단호한 투였다. 자꾸 졸려서 견딜 수 없어 다시 침대에 누웠다.

재문의 상태를 걱정 안 해도 됨을 확인한 형사들은 돌아갔다. 병실 내에서 나는 모든 소리가 점점 멍멍하니 아득해져 갔다.

병원에서 꼬박 24시간 지내고서야 다시 귀가할 수 있었다.

일단 정신을 가다듬고 집안을 청소하며 정리했다. 홍아 소품들을 치우려다가 영선에게 맡겨야 할 것 같아 그대로 챙겨만 놓았다.

종일토록 연락하는 사람 없는 휴대폰이 갑자기 울렸다. 번호를 보니 담당 형사이다. 영선의 신병을 확보했다는 소식과 함께 재문을 불러들이는 연락이다.

재문은 영선이 여행이나 하기 위해 홍아를 방치했을 거로 생각하지 않는다. 영선을 고의적 범죄자로 여기는 경찰의 판단에 절대 동의할 수 없다. 영선을 믿었다. 무슨 곡절이 있을 것으로 생각되었다. 경찰이 먼저 영선을 추궁하듯 조사하고 있었다. 재문이 나서려 하자 형사는 기다리도록 제지했다.

경찰 조사 내용으로는 영선이 자신을 배신했다는 결론이다. 재문은 그 내용이 도저히 받아들여지지 않았다. 자신을 배신한 것도 그렇지만 그보다 홍아를 버리고 간 일이 더 충격이다. 자기가 낳은 아이가 그렇게 되도록 방치하는 엄마가 있을까? 올바른 정신이라면 남의 자식이라 해도 홍아 같은 어린아이에게 그렇게 할 순 없다. 아무리 아이를 두고 떠나야 해도 아이를 위해 아무 조처도 하지 않고 떠날 수 있나? 생각하고 또 생각해봐도 어떻게 그럴 수 있는지 도저히 이해할 수 없다.

영선을 조사한 지 하루가 지나서야 재문은 영선과 대면할 수 있었다. 지친 영선을 더 시달리게 하지 않고 무슨 일로 아기를 그렇게 두고 가야 했는지 그 이유만 간단히 알아보고 싶었다.

"오떻기 된 겨?"

"뭘?"

영선은 재문에게 잔뜩 화난 말투로 퉁명스럽게 반말을 지른다. 재문은 자신이 무엇을 잘못한 건가 생각해 보았다. 딱히 생각 나는 일이 없다.

"홍아를 그냥 두구 여행 가야 했던 까닭 말여."

"그럼 여행하는 사람이 애를 주렁주렁 달고 가?"

적반하장이 따로 없다. 재문 속이 답답해지기 시작했다.

"여행 간 건 간 거구! 애기를 책임 맡었으니께 봐 주는 사람 사서 맽기기라두 허구 가야지 그냥 팽개치구 간 이유가 뭐냐구?"

"애를 내가 왜 책임져야 하는데? 당신 애잖아! 당신이 맡기든 했어야지! 왜 나한테야?"

영선은 표독한 얼굴로 짜증 섞인 목소리를 내질러 댄다.

"그건 또 무슨 소리랴? 내 애라니? 니가 난 애잖어?"

"내가 낳았다고 내 소유야? 당신 소유지. 맨날 애랑 둘이 찧고 까불며 놀 땐 언제고 이제 와선 책임을 내가 져야 한다고? 흥!"

재문은 영선의 어의 없는 태도에 입이 다물어지지 않았다.

"무슨 애럴 소유허구 안 허구 그러냐? 홍아는 그냥 우리 가족이여. 물건이 아니라구!"

"언젠 홍아 데려온 일이 어떤 혼수보다 크다더니? 네게 준 혼수면 네가 간수해야지, 왜 내게 맡기고 그 책임을 물어? 그리고! 너 나한테 해 준 게 뭐냐? 아무것도 없잖아!"

재문은 형사들 앞이라서 많은 말을 하고 싶지 않았다. 영선이 하는 말이 고의로 홍아를 팽개치고 여행을 떠났다는 뜻이라서 화가 치밀었다.

"집두 있구 돈 벌어서 굶기거나 헐벗게 안 허는디 뭘 더해 주야 뎌?"

영선은 비아냥거리는 말투에 손가락질까지 해댄다.

"너, 내게 돈 걱정 안 하고 살게 해 준다고 했잖아! 그런데 돈 걱정 안 하게 해 주었니? 안 하게 해 주려면 내 빚이 십 억도 넘는데 그 정도쯤 선뜻 갚아 줄 수 있어야 걱정 안 하게 해 주는 것 아니니?"

"빚이?… 십… 억?… 넘어?"

재문은 너무 놀라서 기절할 뻔했다.

"내가 투자를 잘못해서 네 돈 좀 없앴는데 벌어서 갚을 테니까 걱정하지 마!"

영선은 더더욱 목을 꼿꼿이 세우고 큰 소리다.

"니, 니가 뭘루다, 오떻기 그 돈을 벌을껴?"

"무역할 거야. 한국 물건 수출하고 그 나라 생산품 수입하고… 그래서 자금이 많이 필요해."

재문은 꿈으로 부풀었던 모든 것이 과르르 무너지고 있었다.

"하! 하이구! 클났네~ 난 망했네~! 돈두, 겡험두, 아는 것두 읎는 것이 무슨? 뭐? 무역~! 을? 허! 무역이 무용인 줄 아남? 미치광이 춤인 줄 아냐구! 그딴 짓 허것다구 홍알 죽였냐?"

"애는 나랑 상관없고 네 책임이잖아! 이제 와서 왜 내게 떠넘겨?"

"조업 나간 내가 오떻기 보살펴? 니가 봐 주야지!"

"그건 네 사정이고! 애를 보살펴 줄 데다 맡기든가 하지. 왜 내게 떠넘기냐고!"

"애 어메는 너잖어. 니가 난 니 새끼여! 짐승만두 뭇헌 것아!"

"낳아서 너 주었잖아. 네가 주인이니 주인이 간수해야지 준 사람이 끝까지 관리해 주는 선물도 있냐? 짐승보다 더 무식한 돌머리야!"

재문에겐 끝도 없이 이어지는 말싸움도 무의미했다. 경찰 조사를 할수록 영선이 재문에게 계획적으로 접근한 것임이 밝혀졌다. 재문을 부동산 많은 노총각으로 알았던가? 그렇지 못한 자신이 영선에게 큰 죄를 지은 것이라고 스스로 고까워진다.

재문은 홍아에게 벌 받는 마음으로 법적 책임을 자신이 다 떠안을 생각이다. 영선이 처벌받고 안 받고는 관심 없다. 다만 영선에게 괘씸한 마음을 지우려면 꽤 오랜 시간이 필요할 것 같다.

홍아를 죽게 한 죄책감은 평생 상처로 안고 가게 될 것이다. 영선과의 관계를 깨끗이 정리하고 나면 가정 꾸릴 생각을 다시는 못 할 것 같다. 사실 홍아를 그렇게 잃은 것은 자신의 세상이 종말된 거나 다름없다. 세상에 오염되지 않은, 죄 없이 맑디맑은 성정의 홍아, 자신은 그 성정을 고통 속에서 죽어가도록 했다. 영선 말대로 홍아를 탁아소라도 찾아 맡겼어야 했다. 영선 같이 성정을 잃은 기계 인간을 믿은 것이 크나큰 실수였다. 인간 기계들의 세상, 사람의 목숨보다 돈을 우선하는 세상이 된 지 벌써 오래전의 일 아니던가? 그런 세상을 거부하겠다던 자신도 그 속에서 돈의 노예가 되어 홍아를 빼앗긴 것이다. 그것이 자신의 종말이 아니라면 무엇인가? 이제부터는 의미 잃은 삶이 자신을 맡아갈 것 같다. 재문은 남은 법정 재판을 뒤로 한 채 비틀거리며 허방과 허탄의 길을 나선다.

안학수소설 2

사탄의 무죄

사람이 없다. 바람만 스산할 뿐 오후 내내 사람 비슷한 그림자도 없었다. 짜장면집에서 세워 놓은 메뉴판 겸 간판인 붉은 현수막만 바람에 덜덜거린다. 마치 깃발로 펄럭이고 싶어서 미친 듯이 몸부림을 치는 것 같다. 눈발도 비치고 있지만 내일은 눈이 안 내린다는 일기 예보니 쌓이지는 않을 것 같다.

거의 날마다 그래왔듯 깜상도 나왔다. 얼굴이나 행동은 성인인데 체구는 중학교 1학년생쯤으로 보일 만큼 자그마하다.

"안녕하세…."

자신의 습관대로 말끝을 잘라 삼킨다. 인태에게 인사하는 것 자체가 어색해서 흐리는 것 같다. 인태가 타는 퇴근 버스를 깜상도 자주 같이 탄다. 인태는 그녀의 피부색이 검기에 그냥 깜상으로 기억해 두었었다. 서로 이름을 물어볼 처지도 아니기 때문이다. 반을 자른 깜상의 인사에 인태도 머리를 끄덕인 둥 만 둥 반쯤 대답했다.

청호면에 외국에서 온 노동자들이 일하는 농공단지가 있다. 깜상처럼 피부가 검고 눈이 큰 사람들이 몇몇 더 시내버스 차부에서 자주 본다. 남녀 구분 없이 채용하는 업체인 것 같다. 깜상도 그들과 같은 노동자일 것이다. 그들도 깜상처럼 퇴근 시간이면 버스를 타러 나온다. 역시 깜상처럼 크지 않은 체구에 서른 안팎의 젊은이들이다. 영어 한마디 제대로 못 하니 소통할 수 있는 처지도 아니지만, 종일 사람 얼굴 보기 어려운 인태로선 깜상과 그들이 반갑다.

청호면 거리는 그들과 관공서 직원을 빼면 젊은 사람은 종일 보이지 않는다. 주민 대부분이 노구들로 간간이 오가는 거리인데, 그나마도 코로나19 전염병이 돈 이후로 나다니는 이가 거의 안 보인다. 그렇게 세월이 갈수록 한산해지는 청호면 소재지다. 청호면 지서 마당에 수백 년 된 느티나무 한 그루, 이른 봄의 잎 없는 가지에 허물어진 까치집 한 채가 청호면의 모든 점을 말해 주는 듯하다.

버스가 당도하자 인태는 깜상과 그들이 먼저 버스에 오르기를 기다려 주었다. 인태가 타길 기다리던 그들이 인태가 턱으로 타라고 하자 먼저 올라탔다. 어쩌면 그들이 인태가 말을 붙여 주기를 바라는지도 모른다고 생각했다. 인태 생각일 뿐이지 그들이 어떤 눈치를 보인 것도 아니다. 인태는 그렇게 생각한 자신이 괜히 헛물켜는 모양새라서 혼자 씁쓸하다. 그만큼 고독이 버거운 인태였다. 그러면서도 마음 한편은 새로운 사람과 대화조차 부담스럽다.

점점 사위어 가는 불처럼 인구가 줄고 고령화된 청호면에서는 오십 대도 청년이라 한다. 한때 1킬로미터도 안되게 떨어진 두 초등학교의 전교생이 각각 200명이 넘었던 곳이다. 이젠 두 곳을 합쳐도 채 30명이 못 되어서 학교 하나 폐교를 생각해야 할 정도로 청호면의 미래 인구가 없다.

인태가 일하는 다다향실버복지센터도 역시 인구 난이다. 노인정의 노인들 빼면 센터를 찾아오는 사람이 거의 없다. 시간제로 오전만 같이 일하는 사내마저 없다면, 퇴근까지 진종일 인태 혼자 앉아 있을 수밖에 없다. 1년 계약 복지형 일자리이기에 그냥 버티고 있을 뿐, 보통 생각으로는 하루를 지내기도 어렵다고 할 것이다.

격리된 것이나 다름없다. 옆 건물에 소방대, 바로 앞길 건너에 경찰서 지구대와 면 주민센터가 붙어 있고, 뒷마당 주차장 건너편에 보건소, 주변에 우체국과 농협은행까지 면 소재지 중에서도 가장 중심이다. 또한 몇 년 전까지만 해도 오일장이 서던 곳이다. 그럼에도 사람이 없는 것은 그동안 젊은 세대는 수도권으로 떠나고, 남은 인구도 늙어 가며 자연 도태되었기 때문이다. 새로운 세대가 들어오지 않는 한, 면 소재지는 건물들만 남아 쓸쓸하다 못해 스산해져서 유령 도시로 변할 것이다.

하루 20명씩은 나들던 노인들조차 집에서 두문불출하고 있다. 면역력이 부족하고 체력이 약한 노약자에겐 치명적인 코로나19 전염병이라 해댔으니, 센터 사무실에서 일하는 인태 역시 종일을 꼼짝도 못 했다.

버스는 청호리를 벗어나 호원초등학교 정문 앞을 지나가고 있다.

그 아이다. 학교에서 막 나오고 있는 아이는 며칠 전 보았던 그 아이다. 피부가 보얗고 동그라니 귀여운 얼굴에다 눈이 크고 겁이 많던 사내아이다. 그날 복지센터 현관 앞을 빗자루로 쓸던 인태는 무의식중에 아이와 눈이 마주쳤었다. 그때도 아이는 학교에서 나오다가 인태와 눈이 마주치자 움찔 서더니, 겁먹은 표정이 되어 얼른 되돌아 교문 안으로 뛰어 들어갔다. 초등학교 쪽으론 인도를 내고 철제로 경계 울짱을 설치했는데도, 아이는 길 건너편에 있는 인태를 두려워했다. 아이를 쫓아가서 '무서워 마라, 나 나쁜 사람 아니다. 괜찮은 할아비다.' 말하고 싶었지만, 아이가 믿어 줄 리도 없겠고, 어설픈 행동이 아이에게 더 섬뜩하게 보일 수 있었다. 차라리 자신에 대한 무관심을 아이가 원할 것이다. 또 교사든 학부형이든 모두 남의 아이에게 갖는 관심부터 갖는 인태를 수상하게 여길 것이다.

인태는 조손간의 세대끼리 정답게 소통하는 것이야말로 건전한 사회에 꼭 필요한 요소라고 생각한다. 그러나 이젠 기성세대들의 음탕한 성문화 때문에 이루어질 수 없게 되었다. 요즘 n번방의 갓갓이란 자와 조박사라는 자가 악마의 수괴로 떠오른 것 말고라도, 미성년자를 상대로 성범죄를 저지를 성인들이 얼마나 많은가? 물론 현대나 과거나 음탕한 기성세대는 다 있었다. 다만 휴대폰과 인터넷이란 현대문화가 그 음탕한 범죄행위를 더 쉽고도 치밀하고도 잔인하게 제공하는 것이 과거와 다를 뿐이다.

인태는 그러한 난잡하고도 문란한 성문화를 생각할 때마다 성원에 대한 기억이 썩은 부유물처럼 뭉글뭉글 떠오른다.

성원은 한땐 신도 200명을 바라볼 만큼 개척에 성공한 총각 전도사였다. 교회를 개척한 지 채 반년도 안되어 신도 50명이 넘었고, 1년 지나자 200 명을 웃돌 정도로 성원은 장래가 촉망한 목회자였다. 그가 그 개척교회를 넘겨 주고 신도 2,000명에 가까운 교회의 교육전도사로 간 것은, 거역할 수 없는 대선배 목사가 불러들였기 때문이었다. 신학 대학생 시절부터 성원에게 많은 도움을 주었다는 그 선배는 성원이 당시에 시무하는 교회의 담임인 이만원 목사였다. 교단으로부터 개척교회로 파송받은 것도 이만원 목사의 힘이 컸다. 당시엔 신학대학교 졸업자 수에 비해 파송할 교회가 턱도 없이 부족했으니, 개척교회를 맡도록 파송할 수 있는 권한이 아무에게나 있는 것이 아니었다. 적어도 그 교단의 최상위급 권력자가 아니면 어림없는 일이었다.

당시 이만원 목사는 교단 실세였다. 그는 명석하고도 멋진 외모와 성격 활달한 성원을 사윗감 후보로 점 찍었다는 이야기가 돌 정도였다. 우선 개척교회로 파송해 놓고 한 해를 지켜본 다음 지도력과 포용력까지 갖춘 성원의 능력을 확인하고 자기 밑으로 데려다 놓았다.

대학 시절엔 가스펠 송 가수로 음반까지 낸 성원은 여러모로 능력 있는 목회자였다. 같은 남자인 인태로서도 그 외모를 볼 때 그만큼 멋진 남자가 없었으니, 한참 이성에 관심 많은 사춘기 소녀들 눈엔 어땠을지 짐작하고도 남는다. 인기가 많은 것은 목회자로서 좋은 일이긴 하나, 자칫 구설이 따를 수 있으니 매우 조심해야 하는 것이 목회학의 기본이다. 모범 신학생이었고 엘리트였던 성원이 그런 점을 모를 리도 없었다.

성원 본인은 이만원 목사가 자신을 어떤 마음으로 불러왔는지 별 관심이 없었다. 그냥 존경스러운 선배에게 자신의 도움이 필요하다니 도와야 마땅하다는 순수한 마음이었다. 그랬기에 울고불고 보내기 싫어하는 개척교회의 정든 신도들을 저버리면서까지 교회를 옮겨온 것이라 했다.

인태가 다니는 교회에 성원이 들어오고 두 청년은 일주일도 못 되어 매우 친해졌다. 청년 집사인 인태는 성원과 나이도 같고 함께 교회학교 교사를 맡은 데다, 성원이 담당한 청년회 간부였다. 만날수록 친해져서 자연스럽게 서로 편히 대하게 되었고, 봉사 활동이나 부흥회를 함께 다니며, 모든 신앙 활동을 상의하거나 속 이야기를 털어 놓는 사이가 된 것이다.

"편인태 집사! 나 좀 도와줘. 부활절 예배 순서를 만들어야 하는데 편집과 인쇄를 도와줄 사람이 필요하거든."

철필로 글씨를 긁어 쓴 등사원지를 말아 들고 인태를 찾아온 성원은 도움을 요청했다. 등사하는 일에 손을 보태 달라는 거였다.

요철을 넘어가느라고 버스가 들썩거렸다.

"이번 정거장은 청호중학교 앞입니다. 다음 정거장은 원청리입니다."

"삐빗!"

안내 방송이 끝나자마자 세워 달라는 벨이 울리며 붉은 불이 들어왔다.

"뭣을 사올까?"

"samshu, 쏘주로, 그리코 안쥬감 small octopus."

버스가 청호중학교 글귀가 원내리보다 크게 쓰인 간이 정류소 앞에서 멈추며 문을 열었다. 깜상은 내리지 않는데 그 일행들이 내린다. 그러고 보니 깜상 일행 중 늘 보던 마상이 보이지 않는다. 깜상과 늘 같이 다니며 둘이 속닥거리는 재미로 다니나 싶을 정도였던 마상이다.

오늘 출근을 안 한 모양이다. 인태 눈엔 연애라도 하나 싶을 정도로 둘이 다정하게 보였다. 이성도 아닌 동성끼리 서로 사랑한다는 것이 그리 쉬운 일은 아니다. 더구나 눈에 보이는 대로 판단하면 오해할 소지가 크다는 것을 잘 안다. 그럼에도 인태 자신과는 아무런 관계도 없는 그들 사이를, 동성애로 생각한 인태 내면엔 막연한 동경이나 연민일 것이다. 아니, 어쩌면 자신도 모르게 그들을 폄하하고 있었는지도 모른다. 자신이 기억하려고 깜상과 마상이란 별명을 붙인 것만으로도 충분히 당사자들에겐 부당할 것이다.

동성애를 떠올린 자신의 생각부터가 편견이고 비하일 것이다. 그들이 동성애든 이성애든 진정한 사랑이면 아름다운 것으로 여겼다면, 일반인들의 편견을 바탕으로 한 그런 눈으로 보진 않았을 것이다.

사실은 인태가 깜상과 마상 사이를 이상히 여기게 된, 상황을 감지한 지도 꼭 두 달이 되었다. 은행에 공과금 입금을 하고 사무실로 돌아오며 '자동 이체 해 주면 은행에 올 필요도 없는데 왜 안 해 주는지….' 운영위원장에 대해 중얼거리고 있었다.

그늘이 한길 건너편까지 닿을 만큼 높은 느티나무 아래를 지나칠 때였다. 세워 놓은 암청색 승합차와 느티나무 사이의 벤치에 사람이 있었다. 인지 못 한 인기척에 어리둥절해진 인태였다. 인태 눈엔 그들이 열심히 밀착하여 붙안고 있는 젊은 커플로 보였다. 키도 크고 골격이 남성에 가까운 마상이라서 깜상과 잘 어울리는 남성으로 보았다. 나중에 만나서 대화를 들으니 마상도 여성 목소리로 말하고 있었다.

인태는 그들이 삼삼오오 모여 술과 음식을 함께 나눌 즐거운 자리를 상상해 보았다. 인생에서 얼마나 귀중한 청춘의 계절인가? 꿈과 낭만과 열정의 거리에서 아름다운 생애를 엮어 내는 젊음들, 그러나 요즘의 젊은이 중 일부만의 그런 삶을 누리고, 대부분의 젊은이들이 전쟁터 같은 사회에서 살아남기 위해 자신을 송두리째 소모하고 있지 않은가? 문화가 발달하고 물질이 풍요해진 세상이라 하나, 인태가 느끼기엔 자신의 젊었을 때가 물질은 부족했지만 마음이 더 여유롭고 행복했었던 것 같다.

등사하기란 생각보다 까다롭고 정밀해야 했다. 철판에 등사원지를 대고 철필로 긁어 글씨를 쓰는 작업부터 집중하지 않으면 안 된다. 글씨도 반듯하고 뚜렷해야 되지만 맞춤법과 띄어쓰기도 정확해야 하기 때문이다. 등사 도중 실수라도 해서 원지가 찢어지면 에나멜 액으로 때워야 하고, 심하면 원지를 다시 긁어야 하니 최악의 낭패가 된다.

주보 표지엔 십자가와 교회를 상징하는 그림도 넣어야 한다. 성원이 가져온 등사원지는 이미 표지 부분을 완성한 것이었다. 밤샘작업을 했거나 아침도 늦게 먹으며 작업했을 것이다. 인태는 예배 순서 목록을 새길 등사원지에 찬송과 읽을 성경구절 등 마지막 광고 문안까지 원지를 긁어 완성했다. 양촛불을 준비하고 원지를 틀에 반듯하게 대고 탱탱하게 당겨서 녹은 양초를 떨어트려 원지를 붙여야 한다. 판판하게 붙인 다음 원지 밑에 등사용지를 대고 롤러에 잉크를 골고루 발라 문질러 등사한다. 서툰 인태는 자신도 모르게 잉크가 손에 묻고 얼굴에 묻었다. 글씨도 한쪽은 너무 진하고 한쪽은 나오지도 않고 엉망이라서 알아볼 수 없을 정도다. 보다 못한 성원이 자신이 나서서 깔끔하고도 꼼꼼하게 작업을 했다. 성원이 롤러로 밀어낸 주보 글씨가 또렷하고 깔끔하게 나왔다. 일에 열중하는 그가 인태 눈에도 매우 멋있어 보였다. 사춘기 학생들이 좋아할 수밖에 없었을 것이다.

염문을 조심해야 하는 목회자의 철칙을 성원은 철저히 지켰다. 인태도 그가 모든 여성과 적당한 거리를 두는 것을 느낄 수 있었다.

겨울 지나면 고등학생이 될 영범이란 아이가 별나게 성원을 따랐다. 여학생도 아닌 남학생이니 성원은 그 아이를 경계하거나 가리지 않았다. 그냥 성장 과정의 미숙한 감정으로 여기고 신앙으로 잘 이겨 낼 것이라 했다.

“편 집사, 어쩌면 나 목사님 따님과 결혼하게 될 것 같아.”

“아! 그래? 축하해! 그러고 보니 둘이 잘 어울리네.”

성원이 그날만큼 기분 좋아하던 모습을 본 적이 없었다.

“하나님께서 우리 어머님 기도를 들어주신 거야.”

성원 어머니는 휴전이 이루어지던 해에 성원을 잉태했다. 성원 아버지는 북군으로 끝까지 숨어서 남아 있다가 그해 야반에 북으로 넘어갔다. 전쟁이 끝나면 이내 내려오기로 했으나 성원 어머니는 성원을 혼자 출산해야만 했다. 유복자처럼 아버지 얼굴도 못 본 성원은 일가친척도 없이 홀어머니와 단둘이 살아온 것이었다. 좌익사범 가정이라고 내치는 사회에서 성원 어머니가 의지할 것은 기독교 신앙뿐이었다. 신앙에 의지하여 아들 하나만을 키우며 살아온 그의 어머니는, 자신이 목회를 하려고 시도했으나 교단으로부터 인정받을 만큼 자격 조건이 안 되었다. 안수집사로 만족하고, 성원에게 신학 공부를 시킨 것이었다.

늘 홀시어머니가 붙어 있는 목회자에게 평생 함께하겠다는 아가씨를 만나기는 어려운 일이었다. 더구나 집안도 괜찮고 일생을 희생할 각오를 할 만큼 신앙 투철한 규수를 만나기란, 총망한 엘리트 목회자라 해도 쉬운 일이 아니었다. 지방노회 회장급인 이만원 목사의 딸을 배우자로 만난 것은 성원에게 크나

큰 행운이었다.

버스는 어느새 인태가 내려야 할 종점에 닿고 있었다. 거천시에서 제일가는 번화가 중 하나인 시내버스 종점은 늘 사람이 바글거리는 곳이었다. 종점 역시 코로나 이후로 매우 스산해진 거리다. 버스에서 내린 깜상을 마상이 나와 기다리더니 마스크도 내리고 수다를 떨며 길 건너편 재래시장 안으로 바삐 사라졌다. 그냥 평범한 모습일 텐데도 인태에겐 그들이 모습이 매우 아름답다. 하지만 그들의 아름다움이 인태 자신에게 무슨 상관이 있으랴? 스토커처럼 쫓을 만큼 그들에게 끌리는 것은 아니다.

인태는 진심으로 성원이 이만원 목사의 딸과 잘되기만을 바랐다. 그러나 호사다마인가? 결혼 말이 나오고 며칠 안되어 성원에 대해 경악을 금치 못할 만큼 나쁜 소문이 돌았다.

교회학교가 끝나고 교사끼리 모여 차를 마실 때였다. 여성 청년들 서넛이 주고받는 말이 인태에겐 충격이었다.

"김성원 전도사님이 동성연애자랴."

"에이, 그럴 리가?"

"아녀, 수상쩍은 거루 허먼 그런 말 나오구두 한참 남어."

"무슨 수상쩍은 것씩이나?"

"우덜은 거들떠 보두 않구 남자덜끼리만 뭉쳐 댕겼잖여."

"이잉, 그리기이, 그려서 강 장노님 딸두 단칼루다 거절헌 거구먼?"

그쯤에서 인태가 그들의 말을 제지했어야 했다. 그토록 성원과 가깝게 지내면서도 인태는 반신반의하며 어정쩡한 태도를 취했다. 지나고 보니, 자신도 성원을 질투했던가? 성원에 대한 자신의 태도가 이해할 수 없고 어이없다. 강 장로 딸은 다른 청년과 열애 중인 것을 알고 성원이 거절했던 것이다. 성원은 그들의 비밀을 지켜 주려고 자신이 마다한 것으로 했었다. 이만원 목사 딸과 결혼하게 되었다고 그리도 좋아했던 성원을 생각해 보면, 그에게 동성애란 말을 붙일 수가 없다. 교단에서 교회 파송의 필수 조건으로 결혼을 내세우는 것은 바로 목회자에 대한 구설을 예방하기 위함이다. 당시만 해도 목회자가 총각이면 학생과 청년층의 흠모 대상이 되는 건 흔한 일이었다. 자칫하면 어떤 염문설과 같은 구설에 시달리고 심하면 그로 인해 목회자 옷을 벗게 되는 일도 종종 있었다. 결혼하여 심방이든 전도든 늘 부부가 함께 다니면 아무 탈이 없다. 성원은 그의 어머니와 늘 함께하거나, 남성 청년이나 남학생들과 함께함으로 여성과의 염문이나 구설수 걱정은 멀리하고 있었다. 그런데 그 남성들이 성원에 대한 구설이 되어 떠도는 것이었다.

당시에 인태는 성원의 뒷소문에 대해 나름대로 알아보다가 그 상대가 영범이란 아이라는 것에 그만 실소를 터트렸다. 어떻게 어린 사내아이와 성원 사이를 부적절하게 볼 수 있는지 그 눈들이 더 이상스러웠다. 하지만 성원에겐 웃음으로 덮을 일이 아니었다. 누군가가 악의적으로 행운의 결혼설이 도는 성원을 음해하기 위해 퍼트린 소문이기 때문이다. 그러나 수습하기도 전에 영범이란 아이가 그 거짓 소문을 사실로 만들어 놓고 말았다.

인태가 영범이란 아이를 처음 본 건 교단 학생 수련회에서다. 친구 따라 수련회에 왔다가 성원을 만난 거였다. 그때부터 영범이란 아이가 성원을 따르는 행동이, 존경하는 정도를 넘어서 흠뻑 빠진 것으로 여겨도 과하지 않았다. 꼬리를 달았나 할 정도로 교회에서도 늘 성원 곁에 딸려 있었고, 성원 말이나 손짓에 민감하게 변화하는 영범이의 정이나 행동이 그 또래의 다른 아이들과 달랐다. 성원이 다른 학생을 살갑게 대하거나 칭찬이라도 하면, 이유 없이 잔뜩 기분이 상해 있는 영범이었다.

"아직은 감정도 판단도 미숙해서 그러니, 스스로 바로 설 수 있기를 기다려 주면 곧 제 모습을 찾아갈 거야. 당장은 신앙으로 극복하게 잘 이끌어 주어야지."

어떻게 하겠냐고 묻는 인태에게 성원이 했던 말이다. 그의 그런 생각으로 일파만파 악성 루머로 들끓게 될 것이란 염두는 터럭만큼도 없었다.

새벽 기도를 마친 여성 신도들 너덧이 모여 수군거리기 시작했다.

"중앙교회 김성원 즌도사님 그렇게 안봤는디 증말루 실망이여."

"소문이 사실루다 밝혀졌다메?"

"걔가 그애랴, 뭣이냐 그, 잉 강 집사 둘째 아들래미 영범인가 걔랴."

"지하 기도실서 둘이 끌안구 울구불구 난리두 아녔던 개벼"

"시상이나 추잡시럽구 낯뜨거워라 오티기 사내애랑 그런댜?"

"난 그런 줄두 물르구 즌도사님허구 우리 조카딸허구 맺어줄까 혔구먼"

"즌도사는 무슨? 그딴 사탄마귀를… 교단서 당장 내쫒으야혀."

"그럼 목사님헌티 말씀 디려 봐 목사님은 물르시구서 사위삼을라구 혔나 뷘디."

듣고 있던 인태는 그냥 넘어갈 수 없어서 참견하려고 나섰다.

"무슨 말씀들인가요? 김 전도사가 뭘 어쨌다는 거죠?"

"편 집사님은 알라구 마슈, 물르는 게 약유."

"때가 되면 아실 텐께 대기허시구 지달리셔. 곧 개봉박두헐텐께."

무슨 중대한 일거리라도 만난 듯이 신바람을 내는 아낙들이다. 인태에겐 그들이 심술맞은 마녀들로 보였다. 인태는 아낙들에게 입이 가벼운 사내라 빈축을 사더라도, 성원에게 사실을 말해 주어야 옳다고 생각했다. 이런 일은 본인이 가장 잘 대처할 수 있다는 판단이었다.

"편 집사는 나 못 믿어요? 무슨 그런 질문을 해요?"

영범이랑 진짜 아무 사이도 아니냐, 어쨌기에 그런 소문이 퍼졌냐고 묻는 인태에게 성원은 조금 짜증이 섞인 대답을 했다.

"걱정 마요. 말 많은 아녀자들 수다라 생각할게요."

교회에 빠져서 성적이 떨어졌다고, 집에서 '교회에 나가지 말라.' 한다고 울면서 고민하는 영범이를 위로해 준 일이 다라고 했다.

대수롭지 않게 여기는 성원을 보며 인태는 그의 대범한 성품에 감탄하고, 자신이 그에 비해 졸렬하다는 생각까지 들었다. 그러나 성원은 자신의 선배인 이만원 목사를 너무 믿었던 것이었다. 그의 구설수를 듣게 된 이만원 목사는 당장 성원을 부르지 않았다. 소문이 어디서부터 어디까지가 진실인지 조용히 캐보기 시작했다. 중, 고등부 학생들은 어떻게 생각하는지, 또 어떤 일이 있었는지 먼저 조사했던 것이다. 알아볼 만큼 다 알아본 이만원 목사는 끝으로 성원에 대한 소문의 주인공인 영범이를 만났다.

"영범아, 김성원 전도사 어떠냐? 중고등부 애들에게 잘하냐?"

"예, 되게 잘하세요."

평소에 과묵한 영범이는 저답지 않게 이만원 목사의 질문에 또랑또랑 대답했다. 마치 자랑스러운 일을 말하듯이 했다.

"그래서 전도사 좋아하니?"

"예? 예 좋아요."

"정미나 선생보다 더 좋아?"

정미나는 중등부 지도를 맡은 여성이다. 작년에 실업계 고등학교를 졸업하고 금융기관에 취업한 사회 초년생이다. 미인상으로 청년부에서뿐만 아니라 중고등부에서도 그녀에게 관심을 보이는 눈들이 많다.

"정미나 선생님은 비교할 수 없잖아요."

영범이 말은 여성과 남성은 서로 달라서 비교할 수 없다는 뜻이었다. 그러나 이만원 목사는 정미나는 비교도 할 수 없을 만큼 성원을 좋아한다는 뜻으로 받아들였다.

"전도사를 그렇게나 좋아하니? 사랑해?"

"전도사님인데 사랑 안 해요?"

이만원 목사는 연인 간의 사랑 에로스냐 물었는데 영범이는 성구의 '원수도 사랑하라'는 아가페를 대답한 것이다. 이만원 목사는 성원과 영범 사이를 좋은 관계로 여기기엔 문제가 있다고 판단하기 시작했다.

환승하기 위해 내릴 때 카드를 찍었으니 30분 안에 현금을 인출하고 선물용 양말을 구입해야 한다. 추석 연휴가 시작되는데도 거리는 한산하다. 코로나19 때문에 사람들이 나다니지 않는 까닭일 것이다. 그나마 보이는 사람들은 마스크로 반쯤 얼굴을 가렸다. 밝은 표정의 맨얼굴로 대하는 사람은 하나도 없다.

인태는 절제한 폐의 호흡량이 30% 정도라서 늘 맷돌 하나 가슴에 얹은 것처럼 숨가쁘다. 더구나 마스크까지 착용하려니 밀폐된 좁은 틈에 가슴이 끼어 있는 것처럼 답답하다.

서둘러 은행 쪽으로 발길을 옮기다 100미터도 못 가서 헐떡거리며 숨을 고르고 있었다. 멀찍이 깜상과 마상이 늙수그레한 신사와 담소하며 시장을 나와 인태 쪽으로 다가오고 있다. 신사는 키가 크고 훤칠하니 건장해 보인다. 짧은 커트에서 단발에 가깝도록 자란 반백의 머리가 꽤 세련된 미남이었다. 인태는 그 신사가 어디선가 많이 본 얼굴이라서 가까이 오도록 눈을 떼지 않고 기억을 더듬었다. 어디서 본 누군지 떠오르지 않았다. 인태와 가까워지기 전에 신사는 깜상 일행과 떨어져 우측 시장 안으로 사라졌다. 인태는 깜상이 다가올 때까지 기다렸다.

"지금 같이 오시던 분이 어디 사시는 누구시죠? 내가 아는 분 같아서…."

지금까지 말 한마디도 나누지 않은 깜상에게 인태는 용기를 내어 물었다. 그녀는 무슨 말인가 싶은지 눈을 굴리다가 이해 된 듯이 말했다.

"멀라요. 이거 주고 교회 가라 해써요."

깜상이 내보이는 것은 사영리라는 기독교 전도지였다. 인태는 돈 찾고 양말 구입하고 버스에 환승할 때까지 기억을 더듬어도 떠오르지 않았다. 봤어도 아주 많이 본 얼굴인데 어디서 본 신사였는지 도무지 잡히는 기억이 없다.

성원에 대해 은밀하게 조사해 본 이만원 목사는 자신이 걱정한 혐의점을 찾지 못했다. 마지막으로 성원을 불러 확인하고 문제를 덮기로 했다. 마침 부인 생일이라서 성원을 부른 자리였다. 성원은 자신의 문제가 걸린 영범과의 관계는 이만원 목사를 이해시키고 잘 해결했으나, 이반들의 인권에 대한 견해로 이만원 목사의 실망과 분노를 샀다. 담소 중에 유럽 쪽의 동성결혼을 합법화하자는 퀘어 축제를 이야깃거리로 삼았다가 논쟁이 된 것이었다.

"그 무슨 해괴한 궤변인가? 그건 성서의 말씀을 어기는 말이야!"

"제가 드리는 말씀을 오해하시지 마세요. 제 말은 동성애를 배척하기보다 그 영혼을 구원하려면 오히려 합법화를 반대하지 않아야 된다는 말입니다."

"이미 말씀을 어기며 죄를 짓게 요구대로 해 주고 구원을 해?"

"반대한다고 그들의 행위가 바뀌나요? 그 행위가 죄라면 더 구원의 대상이지요."

이만원 목사는 성원의 주장을 들으며 아연실색 표정이 굳어져 갔다. 성원은 이미 꺼낸 말이고 오해를 받지 않기 위해서라도 계속 부연하려고 했다.

"주께서 구원의 대상으로 부르시는 것은 죄인이지 의인은 아니라고 하시지 않았습니까? 이성애든 동성애든 죄인이니까 구원이 필요한 것이잖아요. 그러므로 그들을 구원하려면 배척하지 말고 그리스도의 사랑으로 보듬어야 한다는 생각입니다."

어벙한 표정으로 심각하게 듣던 이만원 목사는 버럭 소리를 질러댔다.

"시끄러! 그따위 소리하려면 다시는 나를 볼 생각조차 마!"

그날부터 이만원 목사와 성원 사이는 급격히 벌어지기 시작했다. 이만원 목사는 딸과 결혼시키려던 계획도 포기하고, 성원을 오지인 돌산면에서도 한참 들어가는 골짜기 마을의 개척교회에 파송했다. 전체 교인이 어린아이 셋을 포함해 아홉 명인 다섯 평짜리 교회였다. 성원 어머니는 오로지 신앙심으로 하나님이 보내신 곳이면 어디든 감사하게 받아들인다고 했다. 인태는 자신이 오지교회에 발령 난 것도 한 달이 지나서야 알았다. 그때부터 성원을 자주 만날 수 없었다. 인태 역시 성원의 생각을 이해하지 못해서 자신도 모르게 그를 경계하고 있었기 때문이다.

성원을 본 지 두 달이 다 되어 가는 거천 장날이었다. 오지교회 교인과 함께 장에 나온 성원이 인태가 일하는 전파사에 찾아왔다. 말끔하게 정장을 입던 그동안의 모습이 아니고, 흰 남방에 검정 신사복 바지 차림이 살짝 추레해 보였다. 성원은 종소리 대신 찬송을 틀어 예배 시간을 알리는 앰프를 고치러 온 것이었다. 마을 이장이 방송용으로도 사용하는 앰프라 했다. 뚜껑을 열어 보니 트랜지스터와 IC를 병용한 것으로 입력 부분의 파워트랜스가 탈이었다. 그 파워트랜스 코일이 타서 코어에 눌어붙어 있었다. 앰프에 맞는 새 파워트랜스가 없어서 탄 코일을 풀어 내고 코어에 새 코일을 감아서 고쳐야 했다. 가늘고 많이 감긴 코일이라서 풀고 감는 시간이 꽤 걸린다. 탄 코일을 다 풀어 내고 코일 굵기가 같은 에나멜 선을 찾아서 새로 감기 시작할 때였다. 곁에서 기다리던 성원이 오지교회로 가게 된 이야기를 꺼냈다.

"편 집사는 내 이야기를 이해해 주실까?"

"무슨 말씀이신데? 어디 해 보셔."

인태는 그를 쳐다보지도 않고 열심히 코어에 코일을 감으며 대꾸했다.

"내가 돌산 오지에 파송된 이유가 무엇인지 알아?"

인태는 코일을 감던 손을 멈추고 고개를 들어 그를 쳐다보았다.

"동성결혼을 허락해야 한다고 말했기 때문에 파혼 당하고 개척교회로 쫓겨났지. 그나마 나를 아끼던 선배니까 거기라도 파송해 준 거라네."

성원은 이만원 목사 역시 기독교의 다른 목회자들과 같이 고정관념에 갇혀서, 동성애를 잘못 이해하고 잘못 대하고 있다고 인태에게 설명했다. 자신에 대한 이만원 목사의 부당한 처우나 오지로 쫓겨나게 된 자기변명만은 아니었다. 하지만 정신건강이 의심될 정도로 그는 동성애 인권에 대해 집착하고 있었다. 세상 사람들 대부분, 특히 기독교인이라면 백이면 백이 용납하지 않는 동성애, 소위 말하는 이반들의 인권을 보장하고 동성결혼을 용납해야 한다는, 자신의 생각에 대한 인태의 동의를 얻고 싶었던 것이었다. 장날이라서 바쁜 인태로선 성원 이야기를 제대로 들어줄 여유가 없었다. 귀에 잘 담아 듣지는 못하지만 그를 믿으니 그 이야기도 옳게 여겨 주며 일에 열중하고 있었다. 인태에게 랜턴 배터리를 갈아 달라고 순서를 기다리던 사람이 성원에게 불쑥 나서서 참견했다.

"즌도사님! 저두 해방교회 장논디유, 곁이서 듣자니께 즌도사님두 참 말씀이 답답허시네유. 동성애먼 사탄 마귀 새낀디 물러라허먼 구만인 걸 뭐헐라구 그런 말 같잖은 말씀이셔유?"

나이가 예순은 넘어 보이는 남자였다. 올백으로 넘긴 머리와 암청색 양복 차림을 한 그는 늙었지만 성원보다 더 매끈하게 보였다. 장로면 목회자와 같은 성직자로 여겨야 하고, 나이로나 차림새를 자신과 비교할 때 주눅이 들 텐데도 성원은 전혀 개의치 않았다.

"마귀 새끼로 취급하며 내치면 안 됩니다. 그들도 우리와 똑같은 구원의 대상입니다."

"아니 즌도사님이 로마서 1장 27절 승경 말씀을 까먹으셨나? 아니면 승경 말구 불경으루 다 신학공부허셨나 뭔 불경스런 말씀이랴?"

"성경에 동성 간 관계는 이미 인과응보를 받았다고 했지, 그들이 구원 못 받고 지옥에 가야 한다는 구절은 없잖습니까. 또, 동성을 사랑하는 것과 동성 간에 음란 행위를 하는 것은 다릅니다."

"얼래? 시방 이건 또 무슨 말뼉때기 빨어 대는 말씀이시랴? 그 짓거리식 사랑이면 그 짓허는 그 종자지. 달르긴 뭐가 달르다는규?"

"성 탐닉주의로 사는 문란한 사람과는 다르다는 뜻입니다. 동성애는 문란하다 문란한 건 동성애다 하는 공식이라도 낼 만큼 이성애 하는 이들은 모두 깨끗합니까? 이성애든 동성애든 성 탐닉주의자들이 문란한 것이고 동성애는 그냥 사랑의 대상자가 동성일 뿐입니다. 인간이 존재한 태초부터 동성을 사랑하고 형제를 사랑하고 사랑의 대상이 이성애와 다른, 인간들이 있었던 것입니다."

"그야 주님의 아가페 사랑이라면 그렇겄지유. 연애루다 허는 사랑인디 무슨 그러냐구유. 그냥 정상적으루다 남녀 간이 허야지 음란마귀가 씌어 그러지 정상이라면 왜 그러겄슈?"

"그러면 이런 사람은 어떻게 여기세요? 두 가지 성, 즉 난소와 정소를 함께 지니고 태어난 양성애자 말입니다. 참 남녀 한몸이라고도 하고 진성 반 음양, 영어로 Intersex라 하지요. 이들은 자신의 크나큰 치부로 생각, 가슴앓이하면서도 드러내지 않아 사회에 없는 것 같지만 그런 사람이 생각보다 많답니다. 그런데 그들도 하나님의 창조로 태어났죠. 그런 사람들은 어느 쪽을 사랑해야 하나요? 마음이 가는 쪽 아닌가요? 그들보다 더 심한 사람들이 바로, 몸은 남성인데 정신은 여성으로, 몸은 여성인데 정신은 남성으로 태어난 사람들입니다. 그들은 육신과 마음 중 어느 쪽을 따르죠? 그들도 하나님의 피조물인데, 하나님께서 그들을 애초에 지옥에 가도록 정해서 창조하셨나요?"

"그야 원죄 때미 그냥 된 거니께 회개허구 맘을 바꾸야지유. 천당이 갈라먼 그런 맘쯤은 전디구 극복허야잖유."

"원죄요? 일반인들은 원죄 없나요? 같은 하나님의 피조물인데 왜 이반들만 특별한 죄인 취급을 받아야 하죠? 또, 몸과 마음 중 어느 것이 껍데기이고 어느 것이 알맹이인가요? 껍데기를 위해 알맹이를 바꾸라고요? 오죽하면 그렇게 못하고 고민하다가 자살까지 하겠어요? 당사자만의 고민이 아니라 부모와 가족들의 고민도 상상보다 훨씬 크답니다."

성원은 입가에 거품이 맺힌 줄도 모르고 열변을 해댔다. 말문이 막혀 어벙한 표정이 된 늙은 사내에게 숨 쉴 틈도 없게 몰아쳐 말했다.

"가이사의 것은 가이사에게, 하나님의 것은 하나님에게 라고 예수께서 말씀하신 것처럼, 하늘나라의 법이 아닌, 인간 세상의 법이니, 그 법을 그들이 인간답게 살도록 보장 마련해 주어야 맞는 것입니다. 즉 구원의 대상인지 아닌지도 이성애자들과 같이 당사자들의 선택과 믿음에 맡겨야 옳습니다. 그것이 곧 땅끝까지 이르러 내 증인이 되라는 주님의 사명을 올바로 행하는 길입니다."

"이 즌도사님 클났구먼. 이단으루다 빠져들어두 까마득허게 짚이 처백히셨네. 쯧쯧쯧."

남자는 불쾌한 얼굴이 되어 인태가 배터리를 갈아 건네는 랜턴을 받아들고 황급히 가 버렸다. 성원은 늙은 사내가 가 버렸는데도 인태에게 들으라는 듯이 혼자 중얼거렸다.

"사랑은 아름다운 것이고 그 사랑을 하며 살겠다는데, 먹고 사는 일처럼 인간의 기본 권리인데, 누구든, 어떤 사랑이든 보장받아야 올바른 민주사회일 텐데…."

인태 생각엔 성원의 말이 다 옳다 해도 잘 알지도 못하는 사람을 잡고 논쟁할 것까진 없었다. 그만큼 파혼에 대한 성원의 상처가 크다고 여겨졌다. 그리도 탱탱하고 멋지던 성직자가 형편없이 우그러져 가고 있었다. 그런 성원을 위해 인태가 해줄 것이 없었다. 기독교인으로서 기도해 주는 것이 그를 위한 최선의 배려였다.

그 장날 그렇게 치룬 일이 자신에게 큰 낭패를 가져다 주리란 것을 성원은 짐작도 못했다. 늙은 남자가 교단 지방노회에서도 세력이 대단한 장로인 것을 인태는 물론이고 성원이 전혀 몰랐다. 늙은 사내는 교단 총회인 노회에서 성원을 이단으로 몰아 교단 소속의 목회자 자격을 박탈시켰다. 이만원 목사가 옹호만 해 주었어도 방어했을 것이나, 이만원 목사마저 성원의 자격 박탈을 묵인했다.

자격 박탈로 인해 오지교회마저 내놓아야 했던 성원은 다른 교단으로 이적하며 거천시를 떠났다. 거천을 떠난 후로 성원은 인태와도 연락을 끊었다.

인태는 늘 정시보다 30분 일찍 출근하여 청소부터 한다. 겨우내 달렸다가 마지막으로 떨어진 느티나무 낙엽들로 센터 앞마당이 어지럽혀졌다. 쌀쌀한 아침 기운에 대빗자루로 쓸어내고 있는 인태의 입김이 하얗다.

"안녕하세요."

아이인지 아낙인지 모를 목소리로 자신에겐지 다른 누구에겐지 인사하는 소리에 인태는 얼른 뒤돌아보았다. 그 아이다. 경계하며 피하던 아이가 웬일로 인태에게 인사를 한 거였다.

"오~ 그래, 학교에 가는구나."

최선의 친절과 부드러움으로 대답하고 다시 비질을 계속하려 할 때였다.

"거 봐라! 안 무섭다니까! 어서 와!"

아이가 누군가에게 소리쳤다. 이건 또 무슨 소린가 싶어 아이가 쳐다보는 쪽으로 고개를 돌렸다. 또 그 아이다. 인태 등 뒤에 있는 아이도 그 아이고 멀찍이서 인태를 보고 있는 아이도 그 아이다. 인태는 그 아이가 쌍둥이란 것을 알아차렸다. 한 아이는 명랑하고 활달하고 한 아이는 새침하고 소심하다는 것까지 알 수 있었다. 쌍둥이도 모습은 같으나 속은 다르다는 것을 느끼게 했다.

"너희들 형제였구나. 어쩜! 둘 다 그리 멋지고 똑똑하게 생겼냐?"

인태는 최대한 무섭지 않고 부드럽게 말하려고 애썼다. 그제야 소심한 그 아이의 경계도 조금 풀어지는 눈치였다. 아이들은 청호초등학교 3학년이라 했다. 인구가 얼마 없는 청호면에 초등학생이 있다는 것은 젊은 부부가 있다는 뜻이니, 아이들도 그 부모도 천연기념 인물로 여겨야 할 것 같다.

“야! 너희들 거기서 뭐 해? 어서 와!”

인태와 대화하며 해찰한다고 여겼던지 누군가 아이들을 큰 소리로 불렀다. 아이들 너머로 보니 마상이었다. 언제부터였는지 학교 앞 건널목에서 마상이 깃대를 들고 건널목 관리를 하고 있다. 스쿨존 사고를 줄여 보겠다고 학부형들이 나서서 교통정리를 하고 있다. 청호초등학교는 차도 뜸하게 다니고 학생도 몇 안 되니 얼른 생각하면 너무 형식적인 것 같다. 차 없는 거리로 믿은 어린이들이 마구 뛰어다닐 것이고 어쩌다 지나가는 차도 과속할 것이다. 황급히 달려가는 아이들 뒷모습을 보며, 인태는 마상과 깜상 사이를 곡해한 자신이 얼마나 경솔했던지 깨우치고 반성하게 되었다.

성원이 떠나고 세월이 흐를수록 인태의 마음 한구석에 늘 그에게 부채 의식이 완강하게 쌓여 갔다. 이만원 목사가 성원의 일에 관해 물었을 때 자신 있게 성원의 편을 들어주지 못했기에, 아니 그보다 영범이란 아이에 대한 마음 때문이라고 해야 맞을 것이다.

영범이란 아이가 고등학교 2학년이었던 해 가을에 성원이 거천을 떠났다. 성원이 떠난 후 전교 상위를 다투던 영범이는 학력이 떨어지며 정서 불안을 보였다. 결국 이듬해 대학 입시까지 실패, 졸업하고 이내 군에 입대했으나 적응하지 못하고 의

가사 제대했다. 인태는 영범이의 그러한 이야기를 들을 때까지도 성원과 연관 짓거나 특별히 생각하지 않았다.

성원에 관한 생각이 흐려질 만한 무렵, 영범이가 단체 이반에 가입하고 퀴어 축제 등 동성애 결혼을 인정하라는 운동에 앞장을 섰다는 이야기가 들렸다. 긴 머리부터 신발까지 여성 차림을 하고 여성으로 행동한다고도 했다. 그 소문을 듣고 처음엔 영범이와 그런 동성애인 사이였던 것이라고 성원을 곡해했다. 어린 학생에게 음란 마귀 짓을 하여 마귀로 자라게 한 악마로 여긴 인태는, 한때나마 성원과 친했던 것을 부끄럽게 여겼었다.

눈보라가 매서운 크리스마스 날 저녁이었다. 전날 이브 행사에 이어 밤새도록 교우들의 집마다 돌며 새벽송을 했던 인태는 몸이 찌뿌둥한 상태였다. 크리스마스와 연말이라서 선물용 CD 음반 등이 제법 팔리는 재미 때문에 피곤을 참으며 전파사를 늦게까지 열어 놓고 있었다. 밤 열한 시가 넘어서 철시하려는데 곱상한 청년이 들어왔다.

"편 집사님 안녕하세요. 저 아시죠?"

누군지 알아보려고 자세히 훑어보았다. 호리호리하고 작아보이는 키와 여성처럼 곱고 예쁘장한 얼굴이 조금은 익숙한데 누군지 모르겠다.

"본 것 같긴 한데, 누구지?"

"저 교회 중등부였던 영범이요. 김성원 전도사님 담당 반이었죠."

"어! 그래, 학생회에서 많이 보고도 이렇게 몰랐구나. 어유~ 많이 멋져졌네."

영범이는 소문과 전혀 다른 차림이라서 알아보지 못했다. 인태의 머릿속에 상상했던, 여장한 영범이로 가득했던 까닭이다. 머리부터 발끝까지 동성애자란 이미지가 한 가지도 없이 지극히 평범하고 깔끔하게만 보이는 젊은 남성이었다. 영범이뿐 만 아니라 퀴어 축제 때만 화려하고 독특한 차림으로 나오지 늘 모습이 평범한 이반들이었다.

"집사님께 전도사님에 대해 여쭈려고 왔어요."

순간, 인태는 성원과 각별하게 친했던 자신이 영범이에겐 거슬렸나 했다.

"나야 김성원 전도사님과 신앙적으로나 가까웠지 다른 뜻이 있었간?"

"그래서요. 집사님은 전도사님이 어디 계신지 아실 것 같아서요. 저 때문에 교단에서 제적 당하셨다 해서 제 마음이 너무 아파요."

순간 인태는 어린아이에게 상처를 준 성원은 괘씸하고 아직도 못 잊는 영범은 딱하기도 하지만, 그 자체로 미움이 앞섰다.

"둘이 아무런 사이가 아니라 해서 그렇게 믿었더니 아직도 그런 사이야?"

목소리에 약간 짜증을 섞어서 핀잔 조로 말했다.

"아니에요. 오해세요. 제가 혼자 일방적으로 전도사님을 좋아한 겁니다. 그런 저를 충고하시고 위로하셨을 뿐이에요. 전도사님은 어린 학생이라고 함부로 하는 분이 절대 아니셔요."

영범이는 여성스럽기도 하고 독특한 어투로 단호히 말했다.

"그런데 어쩌나, 나도 지금은 모르는데? 거천서 떠나시고 단 한 번도 연락 없으셨어."

"알아보시면 알 만하시잖아요? 집사님 어려우셔도 꼭 좀 알아봐 주세요. 마지막으로 뵙고 마음을 정리하고 싶어요."

"알아보기긴 하겠는데, 우리 교단에선 어떤 목회자도 전도사님을 이단으로 여겨 멀리하니 쉽진 않을 거야. 들은 소문으로는 경기도 수원 부근에 있는 예장의 어느 작은 교파에 들어갔다고 하던데…."

이야기를 듣고 표정이 어두워진 영범이 머리를 깊이 숙여 인태에게 인사를 했다. 어깨가 처진 채 돌아가는 영범이의 뒷모습이 너무나 처연해서 인태는 께름했다.

께름했던 마음이 현실이 되었다. 한 달 뒤 영범이 마지막으로 남긴 유서를 그의 누이가 찾아와 건네고 갔다. 누이는 그냥 없애려다 동생의 마지막 남긴 부탁이라서 찾아왔다고 했다. 유서는 성원에게 쓴 편지와 인태에게 성원을 찾아 전해 달라는 부탁의 메모지였다.

"죄송해요. 제가 전도사님을 사랑한 까닭으로 아무 죄 없으신 전도사님께서 큰 어려움을 당하셨고, 아직도 이단이란 오해를 떨쳐 내지 못하셨더군요. 입대하기 전에 뵈려고 찾아갔었습니다. 음악학원 운전기사를 겸하시며 성도 열 명도 안 되는 교회에서 고생하시는 것을 멀찍이서만 보고 돌아섰습니다. 군에서도 내내 전도사님께 너무너무 죄송하단 생각뿐이었습니다. 제대하고 다시 찾아갔을 땐 거기서도 어디론가 떠나셨다더군요. 모두 저 때문이었습니다. 죄송합니다. 저는 저를 이반으로 보내신 하나님께는 절대로 회개하지 않겠지만, 저 때문에 큰 피해를 당하신 전도사님께는 백 번, 천 번이라도 사과 드리겠습니다. 저의 잘못을 용서해 주세요. 이제 저는, 이반으로 살아가기엔 너무너무 고통스러운 이 세상에 왜 저를 이반으로 보내셨는지, 하나님께 따지려고 세상을 먼저 떠납니다. 전도사님 같은 분들을 결박하는 모든 잘못에 대해서도 하나님께 따질 것입니다. 이 편지를 받으실 땐 저는 이미 세상에 없을 것입니다. 부디 전도사님이 다시 존경받으실 수 있게 세상의 모든 오해가 풀리기를 간절히 소망합니다. 죄 없는 사탄 영범."

성원에게 쓴 영범의 편지를 대폭 요약한 내용이다. 하나님께 따지려고 세상을 떠난다는 부분이 인태를 흔들었다. 그동안 성원을 이해하지 못하고 통념에 갇혔던 자신이 후회되었다. 곁에서 자신의 마음을 알아주는 사람 하나만 있어도 성원은 그렇게 쉽게 포기하진 않았을 것이다. 노회에 법적 항거라도 하여 징계는 감수하더라도 자격 박탈은 면할 수 있었을 것이다. 그랬다면 영범이도 젊은 목숨을 그렇게 저버리진 않았을 것이란 깨달음이 가슴을 질러 댔다.

코로나19의 확진자가 청호면에도 나와서 노인정 문을 닫았던 뒤로 더더욱 사람없는 다다향실버복지센터 건물이 되었다. 상주인구가 적어 종일 찾아오는 사람도 드문데, 요즘은 종일토록 넓고 큰 다다향 건물을 인태 혼자 지킨다.

'관계자 외 출입금지 용무 있는 분은 뒷문으로 들어오시고 반드시 마스크를 착용해주시기 바랍니다.'

붉은 색 진한 글씨를 넣은 인쇄물이 아직도 현관문에 붙어 있다.

"어이! 이봐! 거시기 말여~! 그 이장단협의인가 된장다린협횐가 말여, 낼모리 열으야지, 온제까장 이대루 암껏두 뭇허구 지낸다나?"

날이 저물 때가 되자 잠깐 경노당에 들른 노인회장과 그 일행 서넛이다. 코로나19로 모이지 않던 다다향을 예전처럼 모이도록 살리자는 소리다.

"모꼬지 헌다구 안 나오던 사람덜이 나올까?"

"동장이 불러두 반두 안 나오는디…."

"안 나오는 게 아니구 그간 인구가 쫄은 겨, 늙어 죽구 코루나 루다 죽구 요양원으루 가구."

"맞어 마티골 황씨네 지나다 들렀는디 오제부텀 벼놨는지 우편물만 쌓이구 마당은 잡초밭 되었더먼."

"큰일여, 촌 늙은이들 이냥 지내다 황천장이나 가는 길배끼 읎겄어."

"뭐 오떡허겄나? 젊은 애덜은 애두 안 낳구 도시서만 살라는 세상인디."

"그래두 공문이나 보내 봐야지. 이대루 암것두 않긴 그렇잖어?"

"연락일랑 이 사람헌티 부탁허야겄구먼…. 즌화번호랑 명단 주먼 혀줄 거지?"

70세의 청년회장이 인태의 코앞에 느물거리는 얼굴을 들이대며 묻는다.

"날짜와 시간, 모임 제목을 알려 주시면 제가 해 드릴게요."

졸지에 모꼬지 알림을 맡았다. 좋은 사람 소리 듣기란 그리 쉽지 않다는 것을 새롭게 느낀다. 서른 명 가까운 휴대폰 번호를 먼저 메시지 보낼 주소에 띄우고 '긴급 청호면 이장단협의회 임시총회, 토요일 오전 10시, 다다향실버복지노인회관'의 내용을 문자로 보냈다. 나머지 지역 전화번호만 있는 곳 다섯 군데는 일일이 걸어서 알려야 했다. 그 마지막 다섯 번째 전화를 걸었을 때다.

"예, 산성교회입니다."

교회 이름은 생소한데 전화를 받은 목소리는 젊고 인태 귀에 익숙하다.

"여기 다다향노인회에서 알리는 말씀인데요. 토요일 10시에 청호면 이장단협의회 임시총회를 연답니다. 주소 없어서 전화로 말씀 드리는 것입니다."

"네 알겠습니다."

분명히 매우 많이 들은 목소리인데 누군지 얼굴이 떠오르지 않는다. 그냥 덮고 지나치면 안 될 것 같은 느낌은 또 무엇일까? 자꾸 의문이 들던 인태 생각은 그 목소리가 '성원과 비슷했다.'로 시작해서 '성원일 것 같다.'로 발전하더니 '나이 든 성원이 틀림없다.'로 결론을 냈다. 교회라고 전화를 받았으니 틀림없다고 확신했다.

그 당시 영범의 편지를 전하기 위해 찾아보았지만 행방이 묘연했던 성원이다. 나중엔 부질없게 생각되어 포기하면서도 언제라도 만나면 추억에 섞어 영범의 마음이나 전해 주리라 했었다. 그가 다시 거천으로 들어와 있었다니, 인태는 놀랍게 생각되었다. 이만원 목사도 이미 고인이 된 지 오래되었는데, 설마 젊었던 그 시절을 못 잊어서 온 건 아닐 것이다. 우선 장소를 물어보고 무조건 찾아가서 만나리라고 인태는 떨리는 마음으로 전화를 들었다.

"뚜뚜뚜뚜뚜…."

통화 중이었다. 인태인 줄 알고 거부하는 것처럼 계속 통화 중이다. 전화기를 붙들고 해 보고 또 해 보아도 수화기를 잘못 놓았는지 몇 시간째 똑같다. 이장단협의회 회장과 사무국장에게 전화로 교회가 어디 무슨 교회인지 물었다.

"면이나 시청 같은 디서 모이라 허야 모이는 이장단이라서 자세히는 물러. 교회 댕기는 사램이야 많겄지먼 일일이 종교까장 물어봤간? 다시 즌화루다 직접 물어 보지 그려."

인태는 어찌해야 할지 생각하다가 지도를 불러 내어 산성교회를 검색했다. 청호면 안에서는 산성교회는 뜨지 않고, 명칭이 다른 교회 네 곳이 떴다. 그중 간판과 전화번호까지 뜨는 교회는 시내 쪽에 많고 청호면에선 단 한 곳도 없다. 처음 통화했던 전화는 고장인지 여전히 통화 중이다.

결국 인태는 하루 연가를 내고 찾아 나섰다. 지인의 차를 빌려서 인구가 많고 가까운 교회부터 성원을 찾아 나섰지만 찾지 못했다. 네 곳의 교회 모두 마흔 안팎의 젊은 목회자들이 담임이었다. 포기하고 일상 근무로 돌아온 날이었다.

출근하는 시내버스를 타고 안개가 자욱한 청호면의 호수 순환 도로를 벗어나 청호중학교 앞을 지날 때였다. 신호에 걸려 잠시 서 있는 차창 밖 안개 속을 내다보고 있었다. 뿌연 안개 속에서 남루한 남자 둘이 서서 등교하는 학생들에게 무언가를 주며 열심히 설명하고 있다. 그 중 하나가 시내서 깜상의 일행에게 사영리를 주었다는 남자로 보였다. 나머지 하나가 영범이와 똑같다고 할 정도로 많이 닮았다. 그 순간 번쩍 뜨는 생각에 하마터면 소리를 지를 뻔했다. 사내가 성원일 수 있겠다 싶어서였다. 생각하는 동안 버스는 이미 많이 지나쳐서 다음 정류소에나 내려야 하는데, 지팡이를 짚는 인태로선 버스를 내려 되돌아가 볼 사정이 못되었다.

사무실에 들어가서 이내다. 다다향 운영위원이 인태가 성원을 찾는 것을 알았는지 혼잣말로 중얼거렸다.

"까매기산 밑이 심산리두 을마 전까장 교회가 있었는디? 거긴 사람 읎는 디라서 교인 읎을 게 뻔헌디, 교회두 읎어졌을라나? 안적두 있을라나?"

인태는 귀가 번쩍했다. 우선 심산리를 찾아보기로 마음먹고 당장 오후 연가를 냈다. 심산리 가는 버스를 타 보니 청호중학교를 돌아서 뒤쪽으로 길이 나 있었다. 틀림없이 성원이 있겠다는 확신이 들었다.

심산리는 청호면 소재지보다 지대가 높아 들어가는 길이 약간 오르막이었다. 보통 사람 같으면 별 상관없으나 30%의 폐활량인 인태에겐 숨이 벅찬 길이다. 간이 버스 정류장이 있는 입구부터 마을 안쪽까지 그리 멀지 않다고 했으니 그나마 다행이었다. 하필이면 을씨년스러운 날씨에 안개가 자욱해서 마을이 보이지 않았다. 자동차 소리는 아니라도 농기구 소리도 없이 고요했다. 추수가 끝난 논길을 쉬엄쉬엄 걷다 보니 뿌옇게 마을이 보였다. 마을을 다 돌아보고 끝내려 할 때였다. 가까이 가도 보이지 않던 교회가 마을 상단에 있었다. 그냥 보통 가정집에 십자가를 세워 붙인 교회였다. 모든 문이 열렸는데 폐가처럼 텅 비고도 음습한 교회였다.

"여보세요! 아무도 안 계세요? 목사님!"

큰 소리로 몇 번 불러도 아무 소리도 나지 않았다. 다시 돌아서 나오는데 아랫집 대문으로 칠십은 넘어 보이는 노파 하나가 내다보며 말했다.

"거기 떠난 지가 몇 핸디 인저 와서 누굴 찾으슈?"

"빈 교회인가요?"

"아 보면 몰러유?"

"살던 목사님 이름 아세요?"

"목사님은 무슨? 교인두 읎이 무슨 목사래유? 김 씨란 것만 알어유. 저짝이 가구 맹기는 공장으루 일댕기다가 그 안 사램이 암으루 죽구나서 오디룬가 떠났는디."

그렇다면 아침에 전도지를 나누어 주던 사내들은 누구였단 말인가? 인태는 한쪽이 무너져 가는 심정으로 지팡이 짚는 어깨를 흔들며 안개가 덧칠해지는 동구로 향했다.

안학수소설 3

바람 장벽

누구라도 괜한 짓으로 여길 것이다. 순하 자신이 생각하기에도 닷새씩이나 휴가를 낸 것은 과한 것 같다. 소민석 씨를 찾는다 해도, 어머니 박선영 씨의 뜻을 이룰 가능성이 희박하다. 여든이 넘은 극노인끼리 재회한들 무슨 의미가 있냐고, 소민석 씨 쪽에서 십중팔구는 거절할 것이기 때문이다. 그러함에도 어머니를 위해 처음이자 마지막 효도 한번 하자고 나선 것이다. 순하는 마흔 살이 넘도록 건달로 지냈다. 마흔둘에야 겨우 연봉 3,600만 원의 기술직에 입사했다. 월급 500만 원이 넘는 지금껏 여행과 도박과 주색에 묻혀서 탕진하며, 어머니께 불효하고 아내 속을 썩여 왔다. 여유 있는 가정 경제도 모두, 국

밥집 운영으로 일생을 바친 어머니와 규모 있고 부지런한 아내 공이다.

소민섭이란 이름에다 사밧골이란 옛 지명만 지닌 초행길이다. 거기에 갑자기 무작정 나선 길이라서 더 무모한 결과일 수 있다. 이미 잊힌 옛 지명일지도 모르지만, 산간 마을이니 사밧골을 아는 사람이 있을 것이라 기대해 본다. 빨리 찾고 당일에 돌아갈 계획이지만, 만약을 위해 배낭에 간편한 야영 준비물을 꾸렸다. 네비게이션은 어머니가 말해 준 진때울 마을회관까지 안내하고 있다. 첩첩산중의 진때울만 해도 오지 중 오지다. 편도 1차선 지방도로가 지나가는 용천리는 전국 어디든 있을 흔한 시골이다. 그 용천리 뒤쪽 산속에 마을이 또 있으리란 상상도 못 할 정도로, 깊고 특이한 산세와 우거진 숲에 입구가 가려진 진때울이었다. 마을 한가운데로 흐르는 개울이 있다. 돌덩이와 시멘트로 축대 방식의 둑을 쌓은 개울이다. 네비게이션은 개울 따라 난 도로를 타고 마을 깊숙이 안내했다. 서너 채의 폐가가 있고, 나머지는 조립식이나 판넬로 지은 깔끔한 집들이지만, 유령마을처럼 사람이 보이지 않았다.

'진때울주민회관' 간판이 세로로 붙여진 건물 앞에서 차를 멈추었다. 다행히도 회관에서 기척이 들렸다. 조심스럽게 회관 문을 열었다.

"실례합니다. 말씀 좀 여쭈겠습니다."

회관 내부는 일반 주택과 같은 구조였다. 큰 거실을 가운데 두고 좌우 양쪽으로 큰 방이 하나씩 있고, 좌측엔 주방이, 우측엔 화장실이 붙어 있다.

"뭔디유?"

좌측 방문이 열리며 일흔은 넘게 보이는 뚱뚱한 노파가 얼굴을 내밀었다. 방안에 여성들만 보였다.

"여기 이장님 댁이 어딘가요?"

"그 방다가 물어보슈."

노파는 덤덤한 대답과 함께 우측 방을 턱짓하고 문을 닫아 버렸다.

"왜 찾으슈? 내가 이장유."

반대쪽 방에서 조금 늦게 내다보던 칠십 대쯤의 남자였다. 남성과 여성이 나뉘어 각각 방 하나씩 사용하고 있었다.

"아, 이장님 안녕하세요. 길 좀 여쭈겠습니다. 사밧골은 어느 쪽으로 가야 하나요?"

"사 밧 골? 이라구유? 그런 디가 있었나? 츰 듣는디?"

머리를 갸웃하며 기억을 뒤져 보는 이장에게 순하는 부연했다.

"여기 어르신들은 아실 거라고 해서요. 예전에 화전민들이 살았답니다."

"그런 디가 있으면 여서 삼십 년 넘더락 살어온 내가 물를 리 읎는디?"

"그러면 소민섭 씨는 아시나요? 여기 진때울에 사셨다던데…."

이야기를 듣던 이장은 안 되겠는지 손을 들어 순하의 말을 끊었다.

"잠깐 지두르슈… 예서 아흔일곱 해나 사신 분헌티 여쭤 볼께유. 으르신! 찬기네 으르신!"

이장은 방안에 대고 큰 소리로 불러 댔다. 안에서 대여섯의 노옹들이 내다보았다.

"왜 괌을 질러 댄다? 나 귀 안 먹었는디?"

깡마르고 자그마한 노인이었다. 그는 헐렁한 바지 깃으로 바닥을 쓸며 무릎으로 기어 다가왔다. 이장이 사밧골과 소민섭이란 사람을 순하가 찾고 있다고 노인에게 설명했다. 나머지 노옹들도 순하 얼굴을 훑어보며 이장 말에 귀를 기울였다.

"사밧골은 오딘지 나두 물르것구, 여서 산 소가면 빨갱인디? 그 사람네 인공난리 때 다 죽었지 남었간?… 그 자식들일래두 살었다먼 북으루 갔겄지 남한선 살 수나 있었겄남?"

살아서 그 집 딸과 자기 아들이 곧 혼인할 것이란 말을 순하는 삼켰다. 그대로 차를 돌리기엔 어머니에게 전할 말이 궁색해서 난감해졌다. 그때 방안에 있던 노인이 보태는 말 한마디가 순하의 귀를 붙잡았다.

"혹시 그 사람 아녀? 가끔 약초 갖구 읍내장이 오던 산사람. 요 몇 해는 통 안 뵈던디."

"그 사람은 소가가 아니구 현가라 혔는디?"

"그래두 언질허구 행투리가 소가 같다구 뭔가 연관 있내비라구 혔잖여."

"맞어, 빨갱이면 겨두 아니라구 혔겠지."

"소가 아덜인지 물르겄네, 수십 년만이 츰 나타나갖구 우덜이 몰러본지두"

막연했지만 서둘러 그 산사람, 자연인을 찾아 나섰다. 마을 사람들이 서로 말해 주는 내용을 취합했다. 우선 그 자연인 말고, 자주 내려오는 또 다른 자연인이 통숫골에 있으니, 그가 현씨란 자연인이 사는 곳을 알 것이라 했다.

진때울 북쪽 산길로 차가 닿는 데까지 몰았다. 포장도로는 노인들의 말대로 마을로부터 1킬로미터쯤 떨어진 폐축사 앞에서 끝났다. 비포장 임도로 반 시간쯤 더 올라가자 더 이상 차가 들어갈 수 없었다. 임도가 틀어져서 반대 방향으로 향하기 때문이었다. 도로 한쪽에 바짝 주차했다. 다행히 주차하고도 큰 차가 충분히 비켜 갈 만큼 널찍한 곳이었다.

트렁크에서 침낭, 야전 식량인 인스턴트 비빔밥과 라면, 건빵, 물병, 작은 코펠, 라이터, 소씨에게 줄 선물 등 만약을 위한 야영을 준비한 물품들을 챙겨서 배낭에 넣었다. 목 긴 등산용

신발 신고, 배낭 메고, 접이식 스틱을 양손에 들고 나니, 군에서 완전군장하고 20킬로미터 행군에 나서는 기분이다.

노인들 이야기대로 통숫골 가는 길은 지워지고 없었다. 임도로 올라가다 계곡을 만나면 계곡을 따라 올라가라고 했다. 예전에 보부상들이나 과거를 보는 선비들이 넘어 다닌 고갯길이라 했다. 지금은 흔적도 없이 풀과 덩굴과 떨기나무들이 얼크러진 숲일 뿐이다. 전진하기에 매우 부담되어 잠깐 망설여졌다. 기왕 어머니에게 처음으로 효도 한번 하자 작정한 일이니 멈출 수 없다. 순하 자신 때문에 아버지에게 이혼당하고 홀로 자신을 키워 주신 어머니다. 아버지는 어머니의 결혼 전을 의심, 순하를 자기 아들이 아니라고 괴롭혔다. 의처증이 심해져 갈수록 어머니를 몰아세워서 어머니가 이혼을 요구했다. 이혼 후부터 어머니 홀로 자신을 키워 냈다. 그런 내용을 알았던 순하는, 사춘기 반항으로 시작해서 여태까지 어머니를 거역해 왔다. 최근에 아버지 측에서 유전자 검사로 친자임을 확인해 줌으로써 자신의 용렬함을 깨닫게 된 것이다. 철없이 어머니를 괴롭힌 일들이 마음속에 크나큰 부채가 되었다. 그 부채를 조금이라도 갚으려니 오늘 행보를 멈출 수 없는 것이다. 휴대전화에 설치한 나침반으로 방향을 찾아 무작정 전진했다. 진때울 노인들이 알려 준 방향이었다.

소민섭 씨에 대한 어머니의 동경과 기억을 일깨운 건, 순하의 아들 경원이 결혼하겠다고 데려온 아가씨 때문이었다. 경원이 군대 제대 후 좋은 직장에 취직하고도, 서른이 넘도록 결혼엔 관심이 없는 것 같았다. 은근히 걱정하던 터였는데 여성을 데려온 것이었다.

"안녕하세요. 경원 씨와 한 사무실에서 일하는 소원희입니다."

순하는 물론이고 어머니도 아내도 매우 기뻐하며 반겼다. 자태나 말씨 모두 험구할 것 없는 미인이었다. 함께 오찬 후 과일을 먹으며 이야기를 나누고 있었다.

"소씨면 그리 흔한 성씨는 아닌데, 본이 어딘가?"

어머니는 지역 출신을 따지려는 의도로 물어본 것이 아니었다.

"공주입니다. 할아버지께서 육이오 때까지 거기 사셨답니다."

"공주서 사셨다고? 공주 어디?"

어머니는 돌연히 정색하며 물었다.

"어릴 때 들은 이야기라서 마을 이름이 진때울인 것만 기억해요."

그때 순하는 어머니 표정이 예사롭지 않음을 느꼈다. 말없이 고개만 주억거리는 어머니는 분명 놀라고 있었다. 단지 어머니 고향 윗마을이 진때울이기 때문만은 아닌 것 같았다. 어머니와 무슨 관련이 있을 것임을 직감할 수 있었다. 소씨란 성 때문에 본도 물었을 것이다.

어머니는 소원희를 보내고 들어온 순하를 불러 앉혔다. 당신과 얽힌 진때울 이야기를 들려 주려는 것이었다. 지루하고 따분하겠기에 피곤한 척 하품을 해댔다.

"지난 이야기를 하자는 게 아니다. 재들 혼사도 관련된 이야기야."

애들 이야기라니 듣는 척이라도 하자고 다소곳이 앉았다. 그저 어른으로서 지시할 말씀이나 하려니 하고 듣기 시작했는데, 들을수록 드라마 같은 어머니 이야기에 놀랐다. 순하는 자세를 바로 고쳐잡고 점점 빠져들었다.

어머니는 진때울 앞의 용천리에서 나고, 당시엔 '국민학교'라 했던 초등학교 4학년 때라고 했다.

"소학교를 국민학교로 개칭한 지 몇 년 안 된, 이승만 정부가 수립된 이듬해였지…. 전라남도서 소민섭이란 학생이 우리 반에 전학왔지. 생긴 건 오륙 학년들 속에 들어도 작지 않을 만큼 키도 크고, 요즘 텔레비전 광고 모델보다도 더 예쁘장하게 생겼는데, 무슨 일이 있는지, 성격이 그런지, 늘 얌전하다 못해 침울하게 보일 정도로 조용했어…. 온 지 한 달도 못 지나서 백여 명의 전교생이 그를 조금 부족한 아이로 여길 정도였지. 그런데 오 학년으로 오를 땐, 학교에서 육 학년으로 월반시킬 정도로 학업성적이 뛰어났어…. 어느 날, 나는 우연히 그가 혼자 창밖을 보며 소리 없이 눈물을 흘리는 모습 보았지. 무슨 일인지 애잔해지더라."

순하가 참지 못하고 입을 가리며 살며시 하품하는 것을 본 어머니는 이야기를 잠시 끊었다. 순하는 미안하단 표시로 웃으면서 손을 내밀어 계속하시라는 표를 했다. 이제부턴 재미있을 거라는 듯이 그냥 이야기를 이었다.

"그 며칠 뒤였나? 혼자 하교하던 중, 징검다리가 개울을 건너며, 건너편 바위에서 볏을 폈다 접었다 하는 후투티를 보다가 발을 헛딛고 말았지. 오른쪽 발목이 부러졌는지 삐었는지, 단 한 발짝 걷기에도 너무 아파서 오지도 가지도 못하게 되었지. 간신히 개울을 기어나와서 바위에 주저앉았어. 누구에게라도 도움을 청해야겠는데, 젖은 옷이 반은 마르도록 아무도 나타나지 않았어. 둥근 애호박처럼 부어오른 발목은 후끈후끈 쑤시지, 시냇가 바람은 흐린 날이라고 쌀쌀하게 목덜미를 후려대지, 흠뻑 젖은 옷에 추워서 아래윗니 딱딱이는 휘모리장단이지, 죽을 것 같았어. 어깨와 목덜미를 문질러 대던 양팔의 힘도 끝에 다다르던 그때, 하교하던 소민섭이 나를 본 거야. 여느 때 같으면 부끄러워서 숨고 싶었을 텐데, 도와달라 말하려는데 눈물부터 나오더구나. 그도 퉁퉁 부어오른 내 발목을 보고 놀라더니, 참으라며 발목을 잡아당겨서 빼어 맞추더구나. 아파서 비명을 질러 댔지만 이내 통증이 훨씬 덜한 거야. 잠시만 기다리라며 냇둑을 살피고 다니기에, 짚고 갈 막대기라도 구해 주려나 싶었지. 그런데 어디서 배웠는지 쑥을 뿌리째 캐다 돌에 놓고 짓찧어서 으깨더니, 부은 데에 대고 자기 책보를 풀어서 부드럽고도 꼼꼼하게 정성껏 싸매 주더구나. 책과 필통은 윗옷을 벗어서 싸매 묶더라. 아무튼 그것만으로도 고마워서 어쩔 줄 모르겠는데, 내게 등을 돌려 대며 업히라는 거야…. 나는 조금 망설이다가 그가 명하듯이 재촉해서 못 이기는 척 업혔지. 그나마 다행인 것은, 체격 좋고 힘센 그에 비해 나는 이삼 학년 애들 속에 끼어도 크지 않을 만큼 가볍고도 자그마했지. 그때 그에게 업히는 순간 전류에 감전되듯이 무언가 내게 옮아왔어. 내 모든 신경이 깨어나고, 덜컥 심장이 놀라고, 가슴에 야릇한 바람이 가득 차올랐지. 그때부터 그가 마냥 좋은 거야. 세상 어디에도 없는, 누구, 무엇보다 귀한 존재로 여겨지더구나. 나를 업고 걷는 동안 그가 스스로 용천리 윗마을인 진때울에 산다는 것을 말해 주었어. 그뿐만 아니라, '자기는 소씨가 아니고 이름이 따로 있는데 말할 수 없다더구나. 아무튼 가족들은 모두 죽고 혼자 남았는데, 아버지와 친구인 진때울 소씨가 오갈 데 없게 고아 된 자신을, 소민섭으로 자기 호적에 올리고 학교도 넣었다더구나. 그런 사연이 있어서 혼자 울었던 거라 생각되니 한없이 가여워지더라. 소민섭은 이미 진때울 가려면 꼭 지나가야만 하는 용천리에 내가 산다는 것도 알더구나. 그에게 업혀 서 집까지 오는데 등이 어찌나 따듯하고 좋은지 발목의 아픔도 잊게 되더라. 네 외할아버지를 빼고는 내게 그렇게 믿음직하고 편안한 등은 입때껏 없었단다. 정 없이 살았던 네 아버지 등은 한 번 업혀 보지도 못했다. 너와 네 아버지께 아주 많이 미안하지만, 나는 지금도 아니, 죽도록 그날 일을 잊을 수 없다. 쑥과 뿌리의 효과도 좋아 다음 날 저녁땐 발목도 부기가 쏙 빠져서 걸을 만했지. 깨끗이 빨아 말린 책보에 홍시 몇 개를 싸서 들고 진때울로 찾아가 직접 주고 왔어. 평소엔 무서워서 쳐다보지도 못한 마을 뒷길을 나 혼자 걸어서 다녀왔단다. 시도 때도 없이 그가 생각나고 보고 싶고 그리웠지. 하루 동안 몇 번씩 민섭을 생각하며 웃다가 한숨 지고 먼산바라기 하든가, 진때울 길을 서성이곤 했지. 그렇게 나는 첫사랑을 짝사랑으로 앓게 되었단다. 네 아버지와 이혼할 때만 해도, 소민섭이 나를 기다리고 있다는 것을 몰랐어. 알았으면 그땐 네가 아기였으니 데리고라도 그를 찾아갔을 거다. 그가 돌아서는 내 뒤에 대고 '끝까지 기다리겠다. 꼭 오라!' 외쳤던 말은, 이성을 잃어서 한 말로 여겼고, 어디서 누구와 결혼해서 잘 살리라 생각했지. 그런데 네가 중학교 삼 학년이던 해였던가? 동창회에 가서 그가 그때까지 혼자 산속에 산다는 것을 알았다. 이북으로 갔다던 형 소승섭이 서울에서 살면서 그를 찾아냈지만, 그는 형을 따라가지 않고 그대로 산에서 산다더라. 하지만 그땐 네 아버지도 몰라라 하는데 나까지 너를 두고 갈 순 없더라. 그렇다고 다 자란 너를 데리고 가기엔 그에게도 너에게도 용기가 나지 않았어."

이야기를 멈추고 어머니는 손가락으로 눈꼬리를 닦았다. 옛날 일에 눈물까지 보이는 어머니 감정이 무엇인지 순하는 궁금했다. 이야기를 끝까지 들어야겠다고 생각되었다. 잔에 물을 따라 어머니 앞에 놓고 진정할 시간으로 화장실을 다녀왔다.

순하는 상상했던 것보다도 훨씬 더 우거진, 길 없는 산길을 오르고 있다. 얼굴 보호를 위해 보안경과 마스크를 하지 않았다면 꼬챙이에 긁혀서 큰 상처를 입었을 것이다. 너덜이나 낙엽 쌓인 미끄러운 산을 한 시간 넘게 올라가도 첩첩산중의 숲만 보였다. 무모한 산행이라던 마을회관 노인들의 말을 실감하며 불안해졌지만 포기할 수는 없었다. 가쁜 숨을 고르느라 잠시 멈추었다. 물 쏟아지는 소리가 들려왔다. 주민들이 길의 절반쯤이라 했던 낮은 폭포다. 주민들 말대로 계곡 타고 올라가는 방법이 길 없는 숲보다 쉬울 것 같다. 계곡으로 조심조심 내려가 배낭을 벗어 놓고 땀을 씻었다. 물이 매우 차가웠다. 배낭에서 헤드 랜턴을 꺼내어 머리에 쓰고, 잡아당겨 터트리는 폭죽을 점퍼 포켓에 넣었다. 멧돼지라도 만나 위험하면 꺼내기 쉽게 준비한 것이다.

땀이 식자 다시 배낭을 메고 계곡으로 오르기 시작했다. 가문 계곡이지만 길로 삼기엔 만만치 않았다. 미끄러운 이끼 낀 바위나 물을 밟아야 갈 수 있는 곳이 많았다. 좁고 수풀이 가득 차서 도저히 뚫고 올라갈 수 없는 곳도 있었다. 하지만 에둘러 가더라도 이리저리 걸리고 찢기고 할퀴고 미끄러지는 숲길보다는 빠를 것이다. 시계를 보니 차를 놓고 출발한 지 두 시간이 넘었다. 올라갈수록 내려갈 일도 걱정되었다. 마을 사람들이 말해 준, 일제 강점기 때 송지松脂를 채취한 상처 있는 늙은 소나무가 나타날까? 해발 500고지는 더 오른 것 같은데, 사람 사는 집은커녕 멧돼지 냄새만 난다. 혼자 이토록 깊은 산을 오르는 건 위험하다. '사상 문제가 걸려 애들 혼사에 지장 될 수 있으니 아무도 알게 하지 마라.'는 어머니 당부 때문에 경원이도 데려오지 못했다.

어느덧 해가 서산마루 가까이 닿고 있다. 산중의 해는 늦게 뜨고 빨리 진다. 계곡부터 올라가는 그늘이 곧 땅거미로 바뀔 것이다. 어둡기 전에 야영 장소부터 찾아야겠기에 주변을 살피며 올라갔다. 계곡 옆으로 널찍한 너덜에 바람을 막아 줄 만한 큰 바위가 보였다. 바위 밑을 보니 비교적 아늑하고 텐트를 설치할 만한 평지였다. 우선 배낭을 벗어 놓고 주변의 솔가리와 가랑잎, 죽은 나무들을 주워 모았다. 마침 수풀 한 곳에 도막 친 통나무가 쌓아져 있어 몇 개 가져왔다. 텐트 칠 바닥의 돌들을 대강 골라낸 다음, 흙을 돋아 평평하게 펼치고 마른 잎으로 덮어 깔았다.

어머니는 물 한 모금 마시고 하던 이야기를 다시 이어서 시작했다.

"나는 그를 그렇게 좋아하면서도, 혼자만의 짝사랑이라서 아무에게도 말하지 못했다. 그가 보고 싶어 육 학년 교실을 바라보며 한숨짓는 일이 하루 일과였다. 옷차림에도 신경 쓰고 나름대로 멋을 내기 시작했지. 혼자 쇳경을, 놋쇠로 된 손거울을 쇳경이라고 했단다. 쇳경을 보다가 볕에 그을려 까무잡잡한 내 얼굴이 미워서 밀가루를 발라 본 적도 있었다. 어떤 땐 한마을의 언니에게 지우개를 빌리러 가는 척, 그 시절엔 지우개도 흔하지 않았어. 육 학년 교실에 가서 기웃거리며 그를 찾아보기도 했지. 좋았던 학업 성적도 많이 떨어져서 네 외할아버지께서 염려하셨지. 마음은 그러지 말자고 몇 번이고 다짐하는데, 나도 모르는 사이 그 소민섭만 생각하는 거야. 나중엔 짝꿍이 나를 이상하게 보고 담임 선생님께 내가 미친 것 같다고 했더구나. 선생님이 불러다 나와 상담을 시도했지만, 소민섭을 좋아한단 이야기는 안 했다. 나도 모른다고 대답하니 '너 벌써 사춘기구나.' 하시더라. 그렇게 오 학년을 끝내고 육 학년 올라가는 새봄이 되었지. 양부모인 진때울 소씨는 그를 진학시키지 않았어. 형편이 어려워서 친아들도 기술이나 배우라고 서울로 보냈으니, 양아들을 그만큼 거두어 준 것만도 고마운 일이었어. 그도 졸업하고 한 달쯤 지내다가 친아들 따라 한양으로 기술 배우러 간다고 진때울을 떠났지. 소민섭도 내가 자기를 좋아하는 줄 알았던지…. 떠나기 전날 나를 찾아와 고하더라. 자신이 나를 많이 좋아한다고, 성공하면 꼭 나를 찾아오겠다며. 그 고백에 나는 무척 고무되어 행복에 빠졌지. 그때만 해도 남녀가 유별함을 많이 따질 때인데 아버지도 그를 좋게 여기셨던지, 그와 내가 함께 있는 걸 보고도 나무라지 않으셨어."

어머니는 감정이 복잡해지는지 크게 한숨을 내쉬고 잠시 이야기를 끊었다. 순하는 기다렸다. 잠시 진정한 어머니는 물을 한 모금 마시고 다시 이야기를 이어 갔다.

"그가 없으니 학교도 집도 재미가 없더라. 동무들이 내게 낮달 보고 한숨짓더라고 달바라기라는 별명을 붙일 정도였다. 맞아 그는 내게 태양이 아닌, 달과 같은 존재였으니 동무들이 별명을 제대로 붙인 거야.… 육 학년이었던 해 인공 난리가 터졌지. 지금은 육이오 전쟁이라 하지만 그땐 인공 난리라 했지. 용천리는 난리가 나고도 이틀이 지나도록 몰랐지. 소민섭이 서울에서 진때울로 피난 오는 바람에 처음 알게 되었단다. 소민섭이 돌아온 다음 날이었어. 용천리 성황당 아래로 커다란 트럭이 들어오더니, 그 트럭에서 계급장 없는 군복 차림의 사내들이 내리더라. 그들은 집집마다 돌면서 '보도 연맹에 드신 분들은 다 나오시오! 지금 북한 공산당이 전쟁을 일으켰어요. 만약을 위해 보호하려고 보도 연맹원들 모시러 왔습니다. 한 분도 빠지시지 마시고 명단과 대조해야 하니까 연맹원증 가지고 나오세요!' 하고 불러 댔지. 그때 보도 연맹원인 척 끼어 따라나온 사람들도 있었지. 난리 났다니까 정말 보호해 주는 줄로 알았겠지. 이승만 정권이 좌익 성향인 사람에게 나라에서 보호관리한다고 보도 연맹에 가입시켰어. 가입한 사람 중엔 좌익과 상관없는 사람까지 많이 가입했어. 진때울 소씨는 진짜 좌익이었나 봐. 군복 차림인 사람들이 소씨를 확인하자 이내 등을 밀어 차에 태우더라. 그때 소민섭도 소씨를 배웅하려고 따라 내려왔더구나. 나는 그가 반가워서 얼른 그에게 다가갔어. 그러나 그는 나를 보는 것이 아니라, 갑자기 무엇에 놀란 눈이 되어 발발 떠는 손가락으로 무엇을 가리키는 거야. 어리둥절한 나는 그의 손가락 쪽을 보았더니, 군복 차림의 한 사람을 가리키는 거야. 내가 그의 팔을 잡았는데, 몹시 떠는 그의 입에서 '빨, 빨갱이다.' 작게 비어져 나오던 말이 점점 커지더니 침이 튀도록 크게 외치는 거야. '빨갱이야! 빨갱이! 빨갱이야!' 모두 소민섭을 돌아다보는데, 사람들 앞에서 그 자가 '이 새끼가 대한민국의 애국청년을 빨갱이라니?' 하고 소리치더니, 소민섭 멱살을 부여잡고 따귀를 때리는데 소씨가 나와 군복 입은 사람에게 '온전한 아이가 아니라서 발작하는 거.'라고 말리더군. 그러자 군복 차림의 사내는 차에 올라타며 모두 듣도록 '임마! 난 빨갱이가 아니고, 빨갱이를 때려잡는 서북청년단 애국청년이야! 짜식이, 어따 대고!'하며 소리치고는 차를 몰아 가 버렸지. 소민섭은 맞은 볼을 어루만지며 '아냐! 저자들이 우리 마을을 불태웠어! 울부짖는 마을 사람들 앞에서 분명히 그랬어. 자기들은 산에서 내려온 유격대라고 직접 소리치던 걸 똑똑히 보고 들었어!'하고 소민섭은 부들부들 떨며 이를 갈더라. 그런데 그때 함께 지켜보던 우리 큰 언니가 그러는 거야. '저 사람 내 친구 오빤데 절대 빨갱이 아니고, 빨갱이 토벌에 앞장섰던 반공청년단원이야!', 나는 그 남자를 처음 봐서 몰랐던 거야. 사람들은 큰 언니의 말을 믿고 소민섭을 미친 아이로 취급하더라. 나중에 안 일이지만 서북청년단과 반공청년단을 앞세운 토벌대가, 유격대 근거지와 가까워 유격대에 식량을 제공했거나 제공할 만한 산마을들을 모두 불태우고, 반항하면 죽였다더구나. 그에 대한 비난과 책임을 피하려고 자신들이 유격대인 것처럼 보였던 거라더구나. 라디오 방송으로도 지리산과 추월산, 백아산 일대의 공비들이 마을을 불태우고 식량을 강탈한 거로 발표했지…. 생각해 보면, 그 빨갱이라는 유격대원들이 산속에 숨어서 버티는데, 유일한 식량 공급처인 주변 마을 집들을 불태울 이유가 없지. 소민섭은 그일 이후로 혼란에 빠져서 많이 힘들어하더군. 그때까지 부모와 형을 죽인 원수가 공산당이라며 이를 갈았던 소민섭이니, 그리 쉽게 받아들일 수 없었겠지. 그날 소집되어 간, 소민섭 양아버지 소씨와 보도 연맹원들이 돌아오지 않았고, 모두 학살되었다는 소문만 들려왔어. 양아버지 일로 인해서 소민섭도 공산당이 아닌, 공산당을 반대하는 대한애국청년단을 원수로 여기게 되었지. 전쟁은 깊어져서 진때울까지도 비행기 소리가 많아지고, 포격 소리가 가까워지고 있었지."

순하는 깔아 놓은 가랑잎 위에 2인용 텐트를 던졌다. 펼쳐진 텐트에 폴트를 꽂고 스터드를 박아 고정했다. 앞부분 패널의 지주 폴에 줄을 매어 팽팽히 당겨서 스터드에 묶어 두었다. 텐트 앞의 바위틈 너덜겅이 불을 피워도 옮겨지지 않게 되어 있다. 텐트 설치 전에 미리 정해 둔 곳이다. 돌들을 둥글게 대강 쌓고 모아 놓았던 솔가리와 나무토막으로 불을 지폈다. 바위에 반사된 열기가 텐트 쪽으로 전해지는 것을 느낄 수 있었다.

사방이 이내 캄캄한 밤이 되었다. 가져온 야전 식량에 끓인 물을 부어서 비빔밥을 만들어 저녁을 먹었다. 통나무 토막 굵은 것으로 두 개를 불 위에 얹어 놓고 텐트 속에 펴 놓은 침낭 지퍼를 열었다. 몸을 밀어 넣던 그때, 번쩍하니 순하의 뇌리를 때리는 것이 있었다. 바로 통나무 토막이다. 이 깊은 산속에 누가 굵은 통나무를 톱으로 고르게 잘라 한 곳에 쌓아 둘까? 간벌한 나무라면 대부분 잡목이고 대강 쌓아 두었을 것이다. 장작감으로 지게에 지기 좋게 잘라 쌓아 놓은 나뭇단이었다. 가까이에 사람이 살고 있다는 증거였다. 이미 칠흑같이 어두워진

산을 돌며 찾을 수는 없다. 다음 날로 미루고 불을 확인한 다음 다시 침낭에 몸을 우그려 넣었다.

어머니는 가슴에 간직해 온 이야기를 몽땅 털어 낼 작정이었다. 그 내용을 제대로 이해해야 했기에 순하는 듣는 귀와 자세를 더 곧추었다.

“보도 연맹원들을 데려가고 닷새쯤 되자 북쪽 인민 해방군이 들어왔다. 그 군대 속에 진때울 소씨 아들 승섭이 끼어 있더구나. 호적상으로 소민섭과 형제지. 다른 형제가 없던 소승섭은 민섭에게 진짜 친형처럼 형 노릇을 잘한 사람이다. 그는 서울에서 남로당원으로 활동했다던데 보도 연맹에는 가입하지 않았더구나. 전쟁 나자 이내 피신했다가 인민군이 들어오자 이내 자원입대를 했다더라. 자기 아버지가 보도 연맹 소집에 달려간 걸 알고, 소승섭이 미치광이처럼 난리를 치더구나. 마을을 구석구석 뒤져서 사람들을 다 모아 놓았어. 그리고 지주와 공무원, 군인 가족들을 모두 가려 냈지. 마을 사람들 전부 모아 놓고 인민재판을 열었어. 모두 사형 선고를 하게 유도하는데, 사람들은 순순히 따르더라. 가족 같은 한동네 사람들 사형을 찬성한다고 손을 들었으니… 모두 무텃골로 데려가 다 총살했단다. 그때 교도소 과장이셨던, 너에겐 외종조이신, 내 큰아버지 부부와 사촌오빠들도 인민재판에 희생되셨지. 내 부모님, 네 외할아버지와 외할머니도 같이 당하실 뻔했는데, 소민섭이 승섭에게 뭐라고 부탁했는지, 인민재판에서 빼 주었더구나. 나는 그 소민섭에게 그렇게 빚을 졌단다. 그 와중에도 살아남는 특별난 유전자의 친일파들은, 지금껏 권력과 부를 누리고 역사를 왜곡하며 존재하고 있지. 4·3 사건을 80년대까지 일반에 알려지지 못하도록 억압했던 것 한 가지만 봐도, 그들이 얼마나 역사를 왜곡하고 거짓되었는지 알 만하지. 그들이 동족상잔을 비롯해 모든 사단의 원흉인걸. 왜 죄 없는 우리가 남과 북으로 갈라져서 적으로 살아야 하지? 누구의 무엇을 위해? 미국과 일본을 위해? 소련과 중국을 위해? 대국들의 충직한 투견으로 서로 물어뜯으며 살아가야만 하는지? 그 강국들이 진정, 평화를 마련해 주려고 노력이나 하는지? 그들과 같이하면 마련할 수는 있는지? 지금까지 70년 동안 무엇을 했는지? 진실을 보면 참으로 개탄스러운 일이야."

비판을 위한 성토인지, 한 맺힌 허텅지거리인지, 의중이 모호한 말씀이지만, 순하는 그런 어머니를 자신만이라도 이해하려고 진지한 귀를 열었다.

순하는 차가워진 기온에 몹시 추위를 느껴서 잠이 깨었다. 불이 언제 꺼졌는지 온기가 완전히 사라진 새벽이다. 핸드폰 시계를 보니 다섯 시가 다 되었다. 아직 땅거미가 남아 있어서 길을 나설 만한 시야는 아니다. 침낭 지퍼를 내리고 몸을 빼내어 헤드 렌턴을 켜고 텐트를 열었다. 바위틈의 불을 막대로 쑤석

거렸다. 잉걸불이라서 솔가리를 한 움큼 얹고 불었다. 입바람에 불꽃이 살아 올랐다.

타다 만 나무토막을 타기 좋게 가운데로 모아 불꽃을 돋우고, 그 위에 나무토막 두 개를 더 올려놓았다. 골짜기의 아침 해는 더디 뜬다. 숲에 방뇨하고 다시 침낭 속에 파고들었다.

"난리 중에도 그해 여름 동안은 소민섭 덕에 우리 가족이 탈 없이 잘 지냈지. 전쟁 통에 학교도 갈 수 없는 나는 소민섭을 만나는 것만 좋았어. 남녀가 내외할 때니 남의 눈에까지 보이게 만날 수도 없었어. 일제 강점기 때 정신대, 그땐 위안부를 정신대라고 했어, 그 정신대로 보내지 않으려고 조혼시키던 악습이, 해방 후에도 한참 동안 조상으로부터 내려온 전통처럼 이어지고 있었지. 여성은 열두세 살이면 혼기가 찬 나이로 여겼어. 그래서 더욱 소민섭을 만나는 자리에 남의 눈을 의식해야만 했지. 소민섭이 핑곗거리를 만들어서 자주 내려왔어. 나는 얼굴이라도 보려고 밖에 볼일이 있는 것처럼 나가 보았고, 그러다 못 참고 다가가 슬쩍 말을 건네고, 고작 인사말이지만 그것만으로도 나는 황홀했어. 남들은 죽고 죽이는 전쟁통에 무슨 연애질이냐고 비난했겠지만, 본능이 시키는 데야 난들 나를 어쩔 수 없더라. 그러던 어느 날 소민섭이 둘만 있을 때 제안하더라. '너희 텃밭 쪽 돌담 위에 넓죽한 돌을 올려놓았는데, 그 돌 밑에다 전할 말 넣어 둘 테니 가끔 떠들어 봐. 너도 내게 할 말

있으면 거기에 넣어 둬, 다른 사람 보지 않게 조심하고…' 나는 당장 그 돌을 확인하려고 돌담으로 갔어. 우리 집 뒤곁에 화장실 옆으로 해서 텃밭으로 나다니는 샛문이 있었지. 그 문부터 집 앞쪽으로 길까지 이어진 돌담이야. 대부분 호박 덩굴에 묻히고 양쪽 끝부분만 조금씩 남아서 돌을 찾기 쉬웠지. 얼마나 자상한 사람인지 비가 와도 종이가 젖지 않게 돌 밑을 꾸며 놓았더라. 쪽지가 있어서 얼른 꺼내 허리춤에 끼었지. 누가 보나 둘러보며 얼른 화장실에 가서 풀어 보았어. '내가 박경원을 좋아하다가, 너무 많이 좋아하다가, 사랑하게 되었나 봐. 늘 생각나고 보고 와도 이내 또 보고 싶고, 경원이는 나를 어떻게 생각해? 나를 받아 준다면 나는 세상에서 부러울 게 아무것도 없을 거야.' 나는 그 쪽지를 읽으며 어찌나 행복했던지, 당장 답장을 써 넣었어. '나도 소민섭을 좋아해 아주 많이. 우리 전쟁 끝날 때까지 무사히 보내자.' 쪽지를 받은 순간부터 온 세상이 모두 다 나를 위해 있는 것 같았어. 내 표정이 어땠는지 어머니가 내게 무슨 좋은 일 있냐고 묻더라. 전쟁통이라고 남녀유별도 안 지키고 불경한 짓거리냐고 질타당할까, 제대로 말씀드릴 수가 없더라. 나중에 알고 보니, 아버지 어머니께선 이미 우리 사이를 눈치채시고도 모른 척하셨더구나. 머리 좋고 똑똑하다고 알려진 소민섭을 지켜보니 됨됨이도 괜찮으셨던가 봐."

깜빡 다시 잠들었던 순하는 바람에 텐트가 퍼덕 대는 소리 때문에 깨었다. 휴대폰 시간을 보니 08시 15분인데, 골짜기라서 그런지 날씨가 흐린 건지 사방이 침침하다. 마치 눈발이 날리거나 비라도 내리기 직전 같다. 아무튼 날이 밝았으니 그 자연인의 집을 찾는 일이 먼저다. 건빵으로 식사를 대신하고 서둘러 텐트를 거두었다. 배낭을 꾸려 놓고 빈 생수병에 계곡물을 담아다 태우던 불씨를 완전히 껐다. 남기는 쓰레기는 없는지 자리를 꼼꼼히 살피고 길을 나섰다. 계곡을 빠져나오니 수령이 300살은 될 소나무가 나타났다. 굵은 둥치에 사람에 의해 생긴 생채기가 뚜렷하다. 마을 사람들이 말했던 소나무로 판단되었다. 그 나무를 기준으로 알려준 동쪽을 향했다.

그 소민섭 씨와의 사랑을 왜 못 이루셨는지 순하는 단도직입적으로 어머니에게 묻고 싶었다. 하던 이야기를 끊으면 다시 이어지기까지 많이 기다려야 할 것 같아 그냥 듣고만 있었다.

"애초에 전쟁만 아니었다면 소민섭과 나의 사랑은 성공했을 것이다. 전세가 역전되지 않았어도 그랬을 테지만, 미군의 인천상륙으로 보급로가 끊긴 해방군이 후퇴해야 했지. 그때 소승섭은 민섭에게, 죽지 않으려면 자신과 함께 가자고 주장했어. 본인은 가지 않으려 했지만 보도 연맹원 일도 있고, 형이 그렇게 나오니 어쩔 수 없이 모집하는 의용군으로 들어갔지. 의용군이란 해방군을 증원하려고 열다섯 살 이상의 민간 사내들을 모집한 군대지. 죽음이 기다리는 전쟁터인데, 그를 보낸 내 마음이 어땠겠니? 허허로운 벌판이나 메마른 사막도 그가 가고 나 혼자 남은 마을보다는 나을 것 같더라. 허망하고 덧없게 살아가는 나날이지만 하루도 그를 잊은 적이 없었다. 전쟁이 끝나면 만나리란 막연한 기대만 기다림의 힘이 되었지. 그런데 휴전하고도 두 해가 가도록 그가 돌아오지 않더라. 죽은 거로 생각했다. 시도 때도 없이 그가 생각나면 울었지. 아마도 그 바람에 눈치 빠른 아낙들이 나랑 소민섭에 대해 알게 되었을 거야. 내 나이 열일곱 살 되던 해의 봄이었어. 남모를 상처를 안고 겨우 일상에 적응해 갈 즈음이었어. 동네 아낙들과 개울에서 빨래하고 있는데, 옆자리에서 수다 떨던 아낙이 갑자기 수다를 멈추고 내 옆구리를 찌르는 거야. 아낙이 턱짓하는 동구 쪽을 보았더니 소민섭이 손을 들고 웃으며 다가오고 있더라. 반가운데 울음부터 나오더구나. 빨래가 떠내려가거나 말거나 내던지고 뛰어가 그에게 안겨서 울어 퍼댔다. 나중에 보니 빨래는 아낙이 물에 빠지며 쫓아가 건져 놓았더구나."

자신이 다소 흥분한 걸 의식했는지, 어머니는 물을 따라 마신 후 기다리라는 뜻으로 손바닥을 누르는 듯이 흔들며 화장실로 갔다.

20분 넘게 동쪽 능선을 타는데 자연인의 집은 나타나지 않는다. 마을의 노인들이 거짓으로 알려 주었을 리는 없고, 방향을 크게 달리 잡은 것도 아니다. 추위가 덜 가신 이른 봄인데도 목덜미에 땀이 흐른다. 땀을 식히려고 배낭을 바위에 벗어 놓으려 할 때다.

"투둑, 텅! 툭, 깡! 퉁, 턱, 턱, 턱, 깡! 투둑…."

분명 땅을 파는 소리였다. 순하는 벗던 배낭을 다시 추스르고 소리 들리는 쪽으로 곧게 올라갔다. 30여 미터 더 올라가니 땅 파는 소리는 멈추고 개 짖는 소리가 났다.

"컹! 컹! 컹! 컹!…."

나무 사이로 제법 넓은 평지와 너와집이 한 채 보였다. 한 마리가 합세하여 두 마리 개가 더 요란하게 짖어 댔다. 좀 더 올라가니 개 짖는 소리에 놀랐는지 곡괭이를 짚은 채 순하를 바라보는 다부진 남자가 보였다. 아직은 조석 기온으로 0도에 가까운 이른 봄인데, 자연인답게 속곳 하나만 입고 있다. 순하는 그가 어머니의 정인 소민섭이 아님을 알 수 있었다. 소민섭이라 하기엔 너무 젊은 모습이기 때문이다. 사내는 개들을 진정시켰다.

"안녕하세요. 말씀 좀 여쭙겠습니다."

"…? … 누 누구슈? 사람이슈?"

눈을 휘둥그레 뜬 모습이 순하를 보고 놀란 눈치다. 사람이 왕래하지 않는 첩첩산중에, 그것도 아침나절 갑자기 나타났으니 놀랄 만했다. 놀라게 해서 미안했지만, 단도직입적으로 물었다.

"여기에 존함이 소 자 민 자 섭 자이신 어르신 계신가요?"

물으면서 혹시 그가 소민섭인지 더 자세히 보았다. 팔순 노인의 몸으로선 도저히 지닐 수 없는 탄탄한 근육과 팽팽한 피부, 텁수룩한 검은 머리칼과 수염을 볼 때 많아도 70세는 안 될 나이로 보였다. 남자는 순하 질문에 더 궁금한 표정을 지었다.

"소, 민, 섭이라구유?"

"예, 연세가 여든다섯 되시는 분입니다."

"여는 저 혼처만 살어유…. 오셨으면 앉기라두 허셔야지, 이짝으루 오슈."

암담해진 순하는 못 이기는 척 남자를 따라 들어가 마루에 배낭을 내려놓았다. 마루에서 건너편 산마루가 내려다보일 정도로 지대가 높은 집이다. 마당에 샘이 있는지 맑은 물이 마당 한쪽으로 흐르고 있다. 남자가 그 물 한 사발을 떠다 순하에게 건넸다. 물맛이 개운하고도 달았다. 맨몸이던 남자가 안에서 옷을 걸치고 나왔다. 윗옷은 낡아서 팔꿈치를 기운 셔츠였다. 순하가 다시 입을 열었다.

"물맛도 일품이고 경관이 아주 멋집니다."

"물이사 저 위짝 바위샘서 끌어오니께 맛 존건 당연허쥬. 경친 맨날 봐가메 사는 저는 그저 그래유. 근디, 찾는 분허군 오떤 일루다 여까장 오셨슈?"

사람이 찾아오기 어려운 곳까지 올 정도면, 해 될 일일 수 있으니 함부로 말해 주면 안 될 일 아니냔 뜻이었다.

“저의 어머님께서 그분께 꼭 전하시려는 말씀이 있습니다. 참! 사밧골이 어디쯤인가요?”

“? … ? 대체 댁은 누구슈? 오서 온 누군디 그런 딜 물으슈?”

남자는 의아한 표정으로 정색하고 순하의 정체를 캐물었다. 순하는 얼른 신분증을 꺼내 보이며 사밧골이 어딘지 모른다던 마을 노인들이 생각났다.

“거길 모르실 수 있습니다. 단지 저희 어머니께서 찾는 분 계시는 곳이 거기라 하시기에….”

남자는 말문이 막히는지 순하를 물끄러미 바라보다가 무엇인가 떠오른 듯 중얼거렸다.

“성님만 아시던 사밧골인게 맞긴 맞는개빈디. 소씨 아니구 현씬디?”

머리를 갸웃거리던 사내는 시선을 돌리며 혼자 중얼거리듯이 말했다.

“아, 존함이 본명은 아니라고도 하셨어요. 아무튼 그분이 누구던 어디 계신지나 말씀해 주세요. 제가 직접 알아볼 테니까요. 부탁드립니다.”

순하의 간곡함에 마음이 변했는지 남자는 의심을 풀었다.

“그 성님은 소민섭 씨가 아니구 현명대 씨유. 근디 그 성님은 찾기두 뵙기두 어려워유, 나두 약초캐러 댕기다 산속서 즘 만났지유. 그때부텀 30년이나 지난 여 태꺼장 몇 번 못 뵜슈. 시방두 그 성님 뵌 지가 한 삼 년은 넘었지? 그러구 본께 성님 말씀 맞구먼. 온젠간 꼭 자기 만날라구 찾어 올 사람이 있는디, 그 사람 땜이 육십 년이 넘더락 지다리메 여길 뭇 떠난대유. 근디 이냥 지금 찾어오셨네유. 허허허 참."

이름은 달라도 틀림없는 소민섭 씨다. 찾아서 다른 사람이더라도 어쩔 수 없다.

"그 성님네 갈라먼 저짝 산말랭일 넘으야는디유?… 잠깐만 지달리슈."

동북쪽 능선을 가리키던 남자는 방으로 들어가 무엇을 찾고 있다. 남자가 가리킨 '산말랭이'만 해도 거리가 꽤 되어 엄두가 나지 않는다. 거기를 넘어가기만도 몇 시간 걸릴 것 같다.

"나두 성님이 궁금허구, 같이 가면 좋겄지먼, 게서 하룻밤 지내야 허는디, 짐승덜 밥 때미유."

말을 듣고 다시 보니 남자에겐 두 마리의 진돗개 말고도 가축이 많았다. 남자는 말로만으로는 마음이 안 놓이는지 책으로 엮어진 낡은 지도를 가지고 나왔다.

"누가 버린 거 주서온 지도책인디, 써먹을 때가 생겨서 좋네유. 여가 저 산말랭이유…. 혹시 성님을 뭇 만나시던가 찾는 분 아니걸랑 여서라두 묵구 가시야 허니께유…."

한참 동안 남자의 설명을 들었다. 오늘 안에 하산할 생각으로 서둘렀다. 남자가 지도를 놓고 상세히 가르쳐 준 것들을 되뇌며 발걸음을 재촉했다.

어머니는 이야기를 그만할까 더할까 망설이는지, 내 눈치를 살피며 자리에 앉았다.

"그래서요. 돌아오신 뒤 어떻게 되셨어요?"

순하는 재미있게 듣고 있으니 계속하시라는 뜻으로 자신이 먼저 물었다. 어머니는 입가에 웃음을 보이며 이야기를 이어갔다.

"의용군으로 소집된 소민섭은 강원도 북한강 부근에서 전투하다가 포로로 잡혔지. 거제도 수용소에서 지내다가 휴전하자마자 석방되었는데, 진때울로 이내 들어올 수가 없었다. 더구나 양부모인 소씨네가 모두 죽고 남은 승섭마저 북으로 넘어갔으니, 연고가 아무도 없는 곳에서 무엇을 하랴 싶더란다. 물론 내가 보고 싶었지만, 실속 없이 만나면 다시 떨어질 일이 더 싫더란다. 그에게 함께 일하자는 사람이 있었더구나. 포로 수용소에서 석방되면 자신이 봉제공장을 할 생각인데 함께 일하자고, 소민섭은 나랑 결혼하려면 직업도, 거처할 집도, 마련해야 했기에 그의 제안이 솔깃하더란다. 냉정하게 고민해 본 결론으로 그 사람의 제안을 받아들였다더라. 행운이 따르는지, 일이 잘되어 일 년도 안 지나고 재봉사만 이십 명이 넘는 기업으로 발전했단다. 그 사람이 머리 좋은 소민섭을 전무로 세우고,

거처할 집도 마련해 주어서 내게 청혼하려고 왔다더라. 나는 당장 그의 아내 될 생각에 너무나 행복했지. 나를 보는 아낙들이 언제 울고 지냈던가 싶게 내 얼굴에 꽃이 피었다고 놀리더구나. 소민섭은 다음 날 나를 읍내로 데려갔지. 도시에서 살아 본 그가 나를 이끌었고, 나는 무엇이든 그가 하는 대로 따랐어. 그날 데이트한 흔적이라곤 이 사진뿐이다. 이거 찍으며 온 세상 행복을 다 차지한 것 같더라. 둘이 같이 찍은 사진도 있었지만, 네 외할머니가 내게 직접 뭉치째 아궁이에 처넣게 했지. 네 아버지와 결혼시키기 위해서였어. 이것도 그때 태운 줄 알았는데, 재작년에 서재를 정리하다 보니 처녀 때 일기장 갈피에 끼어 있더라."

어머니가 보여 준 건 젊은 남자의 누렇게 바랜 명함판 사진 한 장이었다. 순하는 그 사진을 자세히 들여다보았다. 단 한 번도 본 적 없는 남자였다. 어머니는 이야기를 이었다.

"다음 날 소민섭이 아버지와 어머니께 사윗감으로 정식 인사하려고 왔지. 그런데 두 분 모두 절을 받지 않겠다고 끝내 자리에 앉지 않으시더라. 소민섭이 무안하게만 되었지. 다음 날도, 또 다음 날도, 며칠을 거절하시던 아버지께서 소민섭을 앉혀 놓고 말씀하시더라. '자네 하나만 보면 사윗감으로 대찬성이네. 그러나 자네 형 승섭의 군대가 우리 사촌들을 어떻게 했나? 물론 죽을 수밖에 없는 우리 부부를 살려 냈어. 그렇더래도 내 형과 가족을 학살한 자와 사돈을 맺을 수도 없고, 학살자의 동생을 사위로 삼을 수는 더더욱 없는 일일세.' 내 마음은 땅이 꺼지며 지옥으로 떨어지더라. 네 외할머니께 소민섭이 아니면 안 된다며 울면서 애원했지. 내 엄마니까 내 편일 줄 알았지만, 단호하더라. 아예 '부모와 자식의 인연을 끊더라도 빨갱이라서 안 된다.' 못을 박아버리더구나. 아버지가 나를 설득하시려고 '큰아버지네 가족들의 죽음을 생각해 보라. 원수에게 내 딸을 줄 수는 없잖니?' 그렇게 말씀하시는데 나는 '그래도 아버지와 어머니를 구했잖아요.'하고 따졌지. '그래서 그냥 봐주는 거다. 그거 아니면 때려잡았지 그냥 두고 보겠니? 내가 예수도 아니고, 어떻게 형님을 배신하며 원수를 사위로 삼겠니? 철딱서니 없는 것, 쯧쯧.' 하지만 나는 포기할 수 없어서 며칠간을 식음을 전폐하며 시위했지만, 부모님의 뜻은 돌릴 수 없더라. 소민섭도 포기할 수 없다고 내게 더 기다리자더라. 그리고 몇 번이나 다시 와서 아버지 어머니 앞에 엎드려 청했지. 그가 그러는 사이 아버지는 내 혼처를 따로 알아보고 있었더라…. 하루는 그가 집 앞까지 왔다 갔다고 옆집 아낙이 귀띔해 주길래, 얼른 돌담으로 달려가 돌을 떠들어 보았지. 쪽지가 있어 펴 보았더니 진때울 집에서 만나자더라. 몇 해를 사람이 살지 않아 폐가에서 흉가로 변해 가는 집인데도 그가 만나자니까 무서운 줄 모르고 갔다. 마당에 풀이 우거진 집인데 굴뚝에 연기가 나더

라. 소민섭은 내게 둘이 도망하자더라. 서울에 가면 살 집도 직장도 다 있으니, 몸만 가면 된다더라. 다음 날 저녁까지 기다릴 테니 그 안에 안 나타나면 혼자 가겠다고. 그래서 나도 그를 따라 도주하기로 결심했지. 그에게 모두 잠든 한밤중에 떠나자며 동구에서 만나기로 약속했지. 그러나 눈치 빠른 부모님이 낌새를 알아차리시고, 어머니가 나랑 꼭 붙어서 감시하시니 약속을 지킬 수 없었어. 다음 날 보니, 소민섭은 떠났고 돌담 속에 쪽지가 있더구나. '사정이 생겨서 못 나온 줄 알고 있다. 다음에 다시 올 테니 기다려 달라.'는 내용이었지. 그런데… 네 외할아버지인, 내 아버지께서 나를 소민섭이 아닌 네 아버지랑 혼인 약속을 했노라고, 네 아버지 사진을 보여 주시더라. '소민섭보다 더 잘생기고 집안은 우리와 비교도 할 수 없이 대단하다.' 하시며, '빨갱이 자식은 취직도 어렵다더라, 네가 난 자식들 교육은 생각해 보았니?' '효도하려면 꼭 이 사람에게 시집가라.'더구나. '만약 이 혼사를 깨면 어미 아비를 영영 볼 생각 마라.'하고. 어머니도 '우리 둘이 이거 사용하게 하지 마라!'하며 양잿물이라고 하는 수산화나트륨 덩이를 보여 주시더라. 양잿물은 세탁세제로 사용하는 것인데, 당시엔 흰옷을 주로 입어서 빨래하기 어려웠지. 그 양잿물을 물에 타서 옷을 삶으면 새하얗게 되었지…. 마시면 치사율 높은 독극물인데, 마시고 죽었다는 사람도 꽤 있었어. 당시는 시골로 갈수록 봉건사상이 완강했지. 부

모 말씀에 대꾸하는 것 자체를 불효로 여겼지."

울컥하니 눈물이 나오려는지, 어머니는 말을 잠시 끊고 손가락으로 눈을 비비며 얼굴을 돌렸다. 순하는 기분이 묘했다. 아버지와의 결혼이 억지였다는 것을, 어떻게 받아들여야 할지, 한편으론 어머니가 몹시 애처로웠다.

남자가 가리킨 산마루까지 당도하는 데만도 한 시간 반이나 걸렸다. 올라서면서 너머에 펼쳐진 경치를 보니 산 아래 남자네 집터보다도 지대가 높은 분지의 마을이 나왔다. 지붕들이 몇 채 보여서 마을인 줄 알지 그냥 산자락이었다. 사방이 산으로 둘러싸여서 그 산자락들이 가운데로 몰려 분지를 이룬 형세였다.

분지에 이룬 마을은 집들이 모두 주저앉아 지붕만 남았거나, 무너지지 않았어도 칡덩굴에 싸여 일부 벽만 보이는 곳도 있다. 한때는 사람이 꽤 살며 잔치도 하고 명절들도 같이 보냈을 마을인데 그 주민들은 모두 어디 갔을까? 사내가 지도로 알려주지 않았으면 마을 안쪽으로 들어가 우거진 수풀 속에서 헤맸을 것이다. 그가 알려 준 대로, 마을 오른쪽으로 돌아 올라가 버스만 한 바위를 끼고 좌측으로 돌았다. 올려다보이는 은사시나무 군락지를 향해, 직선으로 한참 올라가야만 소민섭 씨 댁이 나온다고 했다. 바위를 돌아 우거진 숲을 헤치며 무작정 올라갔다. 아득한 밑에서 가늘게 물소리가 들린다. 우측이 잡목과 덩굴들로 가려진 낭떠러지다. 자칫 헛디디면 계곡으로 추락할 것이다. 발밑을 살피며 조심조심 올라가려니 진땀이 났다.

어머니는 촉촉한 속눈썹을 새끼손가락으로 훑으며 이야기를 이어갔다.

“다음 날 상견례 하며 일주일 뒤로 약혼 날을 잡았지. 나는 말도 표정도 없는 소처럼 끌려다녔어. 그러는 와중에도 화장실 가는 척, 아침과 저녁마다 돌담을 열어 봤어. 며칠 뒤 그가 와서 기다린다는 쪽지가 들었더군. 엉클어진 머리에 몸뻬 차림대로 진때울로 달려 올라갔지. 반기는 그를 대하자 나는 어린애처럼 울먹이며, 서둘러 돌아가야 하는 사정도 잊은 채, 약혼 날짜 잡힌 이야기까지 다 하소연했어. 소민섭은 당황하진 않았어. 굳어진 표정으로 말하더라. ‘우리 같이 도망쳐 절에서 결혼하고 살다가 아이를 낳아서 돌아오면 어떨까?’ 그 제안이 좋지만, 그 순간 나는 양잿물이 떠올라서 동조를 못 했어. 그렇게 나도 당시의 사회적 규제와 훈육의 철창에 갇힌 정신이었으니까. 용기보다 두려움이 앞섰던 거지. 그냥 내려오는 내 뒤 꼭지에 대고 그가 말하더라. ‘약혼식도 결혼도 하기 전에 빠를수록 좋아. 내일 아침까지 어찌할 건지 꼭 알려 줘.’ 나는 그것쯤은 해 주겠다고 머리를 주억거려서 약속했지. 그러나 집에 돌아온 나를 곧 시집가야 할 것이 함부로 나다닌다고 전엔 없게 나무라시고, 그 시간부터 네 외할머니는 잠자리까지 나랑 같이하며 붙어서 지내시더라. 더구나 한 달 후로 혼인날이 잡혔다고, 혼수감 보러 다니자, 신부 수업하자, 주부 살림 교육받아라, 네 외할머니는 그렇게 나를 놓아 주질 않았지. 나는 그런 아버지와 어머니를 거역할 수 없겠더라. 그렇지만 나는 그에게 동조 못 한 일이 걸려서 미쳐 가는 것만 같더라. 마지막이라고 소민섭을 만나 마무리 짓게 해 달라고 간청했지. 울면서 몇 번이고 간청하자, 어머니는 당신이 바깥에서 기다리는 조건으로 허락하시더라. 그를 만나려고 진때울로 올라가는데 어머니가 그의 집 앞까지 따라붙으시더구나. 나를 반기는 소민섭에게 나는 좋은 얼굴을 할 수가 없었어. 어머니가 기다리는 것을 알고도 그는 아랑곳하지 않았어. 오직 내 두 손을 잡고 내 눈만 보고 '제발 같이 떠나자.'더라. '너와 내가 이념과 사상으로 무슨 잘못이 있기에 이렇게 억울한 일을 당해야 하니? 우리 그러지 말고 사상도 이념도 따지지 않고 전쟁도 없는 곳으로 가자. 박해받던 천주교인들이 숨어 살았었다는 분지를 알아 놨어. 우리 그곳에 가서 평화와 행복만 있는 우리만의 세상을 이루고 살자. 응?' 그리도 간곡한 그에게 나는 냉정하게 고개를 저으며 '내 어찌 부모를 저버릴 수 있어? 소민섭 씨 따라가면 돌아가시겠다고 극약까지 내보이시는 부모를 내 어찌 저버릴 수 있겠어? 나는 민섭 씨를 사랑하는 만큼 부모님도 사랑해. 민섭 씨, 나 같은 것은 잊고 좋은 여자 만나 행복하게 살아.' 그랬지. 충격을 받았는지 잠시 말

없던 그가 악을 쓰는 큰 소리로 '박경원! 사랑하는 너를 두고 누구와 행복할 수 있다는 거야? 나는 네가 아니면! 절대 안 돼!' 나는 그날 그가 그렇게 우는 모습을 처음이요, 마지막으로 보았지. 내가 돌아서기까지 내 얼굴에서 떼지 않던, 눈물이 넘쳐나는 그 큰 눈을 나는 지금도 잊지 못한다. 마지막 등 뒤에서 '박경원! 나는 네가 돌아올 때까지 기다릴 거야! 평생이라도 기다릴 거야! 천년이든 만년이든 너를 기다릴 거야!' 울부짖던 그 소리에 나는 다시 마음이 뒤집혀서 알았다고 대답할까 흔들렸지만, '미친놈'이라며 어머니가 나를 잡아끄는 바람에 그 어떠한 여운도 남길 수가 없었어. 그 남은 미련을 알리려는데 어머니가 돌담을 부수는 바람에 알릴 길이 없었어. 다음 날 어머니가 깜빡 잠든 한밤중에 진때울로 달려 올라갔지. 그는 떠나고 없더구나. 귀신이라도 나올 듯이 캄캄한 빈집을 돌아보고 또 돌아보며 내려왔단다. 그 뒤로 그는 내게 추억의 사람으로만 남았단다."

반 시간이 넘게 올라와서야 너와를 올린 지붕이 보였다. 사 5,000평은 될 제법 넓은 땅이 나왔다. 무엇을 심어 놓은 땅은 아니고, 심었던 흔적만 보인다. 방금 멧돼지들이 놀았는지 흙과 풀들이 갈아엎어진 데도 보였다. 팔순 노인이면 농사를 못 지을 수 있다. 순하는 서둘러 닫혀 있는 싸리문을 밀고 들어갔다. 납작납작한 돌들이 깔린 마당에 돌 틈으로 비죽비죽 나온

마른 풀들의 키가 순하의 가슴까지 닿았다. 마루 밑 댓돌엔 한 켤레의 깨끗한 슬리퍼가 얌전히 놓여 있다.

"계세요?… 어르신!"

대답이 없으니, 아무도 없다는 생각이 들었지만 남의 집에 들른 입장에서 한 번 더 불렀다.

"안에 아무도 안 계세요?…."

역시 아무 대답이 없다. 마루에 배낭을 천천히 내려놓고 방문을 열어 보았다. 조금 침침하다. 등잔 대에 등잔이 있는 것으로 보아 전기가 없는 집이었다. 이마에 두르고 있던 헤드 랜턴을 켜고 들어갔다. 마치 방금까지 사람이 있었던 것처럼 방이 깨끗하다. 문이 열려 있는 벽장에 새로 시침해 놓은 것처럼 홑청이 새하얗고 깔끔한 이불 한 채가 있다. 주인이 잠시 어디 나갔는지도 모르겠다는 생각이 들 정도였다. 앉은뱅이책상 위에 놓인 메모를 보지 못했다면, 주인이 아주 떠났음을 모를 뻔했다.

저희는 지풍면 행정복지센터 주민복지과 직원들입니다. 여기 현영대 어르신께선 노환으로서 치매를 비롯한 여러 가지 증상 때문에 기동하시기도 어려우십니다. 홀로 이곳에 더 거처하실 수 없어서 주민복지과에서 요양시설로 모셔갑니다. 달리 연락할 연고는 없으신데 꼭 찾아오실 분이 계시다 하셔서 이 쪽지를 남깁니다. 혹시라도 어르신을 찾아오신 분께선 주민복지과로 문의하시기 바랍니다. 어르신께서 집에 있는 모든 것 하나도 건드리지 말고 그냥 두라 하셔서 그대로 어르신만 모셔 갑니다.

2022. 10. 31.

주인이 떠난 지 벌써 3년째였다. 그의 정체가 소민섭 씨인지 확인할 일이 아직 남았다. 복지과로 연락해 보려고 휴대폰을 열었는데 전파를 받지 못하는 구역이다. 복지과로 직접 찾아가서 알아보아야 했지만, 소민섭 씨가 아닐 수도 있으니 어머니 결정에 따라야 할 것이다.

돌아갈 일만 남은 순하는 방을 나가려다가 멈칫했다. 벽에 걸린 작은 사진틀 때문이었다. 작은 액자 속에 아주 오래되어 누렇게 바랜 사진 몇 장 중 하나가 눈을 당겼다. 젊은 남녀의 사진인데 여인이 아버지 결혼 사진에서 보았던 어머니였다. 함께한 남자는, 어머니가 소민섭 씨라며 순하에게 보여 준 명함판 사진과 똑같은 인물이었다. 어머니는 결혼 사진에서 본 어머니보다 더 행복해 보이는 표정이었다. 순하는 아주 잠깐 감정이 산란했다. 어머니께 효도하려고 찾아오긴 했으나, 아버지가 아닌 다른 남자와 함께 있는 어머니에 대한 감정이었다. 어머니와 소민섭 두 분의 인생이 더 애잔해서 이내 그 감정을 밀어낼 수 있었다. 어머니의 한 맺힌 당부가 떠오른다.

"아들아! 그의 말대로 우리가 왜 피해자가 되어야 하는지 억울하더구나. 전쟁이 우리보다 더 억울한 사람들을 얼마나 많이 낳았는지 생각해 보았니? 요즘 그 전쟁을 필요하면 해야 한다고 설쳐 대는 철딱서니 없는 것들이 많아지더구나. 전쟁을 컴퓨터 게임으로 아는지? 한낱 버커리인 이 몸의 생각이라서 듣는 귀도 보는 눈도 없이 묻혀 버리겠지만, 세상 어디든 어느 때든 어떤 일이든 전쟁이 필요할 상황은 없단다. 상대와 소통하고 설득하지 못할수록 미련하고 악한 것들이다. 아들아, 너는 전쟁을 일으키거나 유발한 자들을 절대로 영웅 반열에 섞거나 정의 편에 넣지 마라. 그들은 인간 최악의 살인마 원흉일 뿐이다. 맺지 못한 나랑 소민섭 대신, 소씨네 손녀와 우리 손자가 백년가약을 맺는 것처럼, 갈라진 이 강토가 다시 맺어져서 평화를 낳는다면, 그 얼마나 아름답고 자랑스러운 일이겠니? 사랑스러운 내 손자, 저 예쁜 것들에게 평화로운 이 땅을 물려주고 싶구나. 이젠 힘 있는 이들이 70년 휴전을 종전하고, 전쟁 없는 세상으로 계도해 주면 좋으련만…. 아들아, 이제라도 나는 소민섭 씨가 부르면 달려가련다."

사진틀을 내려서 그 사진을 빼내어 한 번 더 확인하고, 배낭에서 수첩을 꺼내어 갈피에 끼워 넣었다. 어머니께 보여 드릴 생각이다. 만약 어머니가 소민섭 씨를 만나시겠다시면, 소민섭 씨의 동의를 얻어 꼭 만나게 해 드릴 생각이다. 그럴 수 있는지 먼저 소민섭 씨의 상태와 그 의사를 확인해야 할 것이다. 차를 둔 곳까지는 택시를 타기로 마음먹고, 지풍면으로 나가는 길이 있을, 분지마을 아래쪽으로 걸음을 재촉했다.

안학수소설 4

조현병자의 아가페

날씨도 볼 겸 아침 공기를 마시려고 창을 열고 내다보았다. 가슴으로 느끼기엔 공기가 매우 싱그러운데, 눈에 들어오는 바깥 풍경은 뿌옇다. 봉해는 식탁에 아침상을 차려 놓고 아내 눈치를 살폈다. 아내에게 자신의 몸이 망가져 가는 것을 상기시키고 싶지 않다. 만약 백내장으로 수술을 해야 하면 아내에게 알리지 않을 수 없다. 고생하는 아내에게 걱정거리를 주는 것 같아서 머뭇거리는 것이다. 폐질환으로 두 해째 아무 일도 못하는 병약한 남편 대신, 하루 8시간 최저 임금에 12개월 계약직으로 일하는 아내다. 그 아내의 어깨에 짐을 가하는 자신이 너무 싫다. 무어라 표현할 수 없는 심정으로 입만 달싹거리다 끝내 말을 꺼내지 못했다. 우선 백내장이 수술 단계에 이르렀는지 진단을 해 보고 그 비용까지 알아본 다음, 아내에게 말하자고 생각을 돌렸다. 요즘은 의술이 좋아져서 백내장 수술 정도는 간단하고 의료보험 혜택도 받는다니 마음이 다소 놓인다.

아내는 이른 새벽부터 일어나 피곤이 덜 풀린 몸으로 바쁘다. 늘 그러하듯 씻고 바르고 그리고 빗고 묶고 끼우고 입어 보고 몸단장하다 시간에 쫓긴다. 아침은 먹는 둥 마는 둥 허둥대며 출근을 서두르는 아내의 뒷모습이 딱하다.

봉해도 외출을 서둘러야 했다. 장날은 장꾼들 때문에 병원도 더 붐빈다. 진료 시작인 아홉 시 전에 가도 한참을 기다려야 진료를 받을 수 있을 것이다. 모처럼 장날 시내를 나가는데 일찍 진료를 끝내야 장을 구경할 여력이 있을 것이다. 몇 가지 용품도 시내를 나간 김에 구해야 한다.

요즘 들어 하체까지 부쩍 약해진 봉해는 지팡이 없으면 몇 발짝 걷기도 어렵다. 더구나 코로나19에 의한 마스크 착용이란, 폐활량이 정상인의 절반도 못 되는 봉해에겐 최악이다. 허리부분이 아닌 상체 등뼈가 굽어 흉부 압박으로 짓눌린 폐는 산소 공급이 늘 부족하다. 조금만 힘들이거나 빨리 움직여도, 마치 폐쇄된 공간에 깊이 끼인 것처럼 몸부림치고 싶도록 답답하다. 어릴 때 한쪽을 실청한 귀는 이미 남은 한쪽도 보청기 신세다. 그나마 성하던 눈마저 점점 흐려지더니 최근엔 엷은 막이 덮여

가는 것 같다. 사후 장기 나눔과 함께 시신 기증을 약속한 봉해는 모두 망가져 가는 몸이 안타깝다. 각막마저 쓸모없어지면 나누어줄 장기가 전혀 없을 것 같아서 실망이다.

2년 전쯤 성도안과를 찾아 검진했었다.

"백내장이 시작되었으나 수술은 더 지나서 해야 좋습니다. 더 심해지면 그때 오셔도 늦지 않습니다."

의사는 그때 안구 세척용 안약만 처방만 해 주었었다.

봉해는 귀가 얇아 한동안 성도안과를 믿지 못했었다. 안경가게를 운영할 때니 20년이 넘은 것 같다. 안경을 맞추러 온 노인의 허텅지거리가 봉해에게 의심의 여지가 없게 들렸다. 노인은 자신의 부인이 백내장 수술을 잘못해서 문제가 생겼다고 했었다. 성도안과에서 수술한 사람이 자기 부인 말고도 더 있다고도 했었다. 봉해 자신이 안과에 가야 할 사정이 되어서야 그 노인의 말씀이 떠올랐다. 요즘은 성도안과가 어떤지 알고 싶어서 주변 몇몇 사람들에게 물었었다. 새로운 장비도 들이고 임직원도 배나 늘었다니 나쁘지 않았다.

며칠 전이었다. 지역 정보를 얻으려면 그 지역 택시기사에게 알아보라는 말이 생각났다. 봉해는 승용차도 없는 데다 사는 곳이 시내버스가 닿지 않는 외곽이라서 택시를 자주 탄다. 시내에서 집으로 들어올 때 탄 택시였다.

"백내장 수술을 허야것는디 성도안꽈 수술 잘 헐라나?"

혼자 중얼대듯이 한 말을 택시기사는 덥석 채었다.

"그 안과 실력 좋아유. 우리 엄니두 게서 백내장 수술허셨는디 아주 잘 되셨슈."

여기까지만 하고 다음 말은 하지 않았어야 했다.

"아주 오래전이 들은 말이지먼, 수술을 실패헌 적두 있다던디유."

"아뉴~ 그 병원 생길 때부텀 내가 잘 아는디 여태껏 한 번두 그런 적 읎슈."

"그래유? 허긴, 몇 십년 경험인디 백내장 수술쯤 달인이겄네유."

내릴 때 다시 보니 양쪽 옆에 성도안과 광고를 도색한 택시였다. 택시 운전사의 말을 듣고 생각해 보니 그때 그 노인의 말은 믿을 수 없는 말이었다. 안과병원 중 주변에서 경쟁하는 병원이 있다면 루머를 퍼트릴 수도 있다. 또, 개인 감정으로도 그런 가짜 뉴스를 퍼트릴 수도 있다. 중소 도시의 안과니 대도시 안과보다 못할 것이란 선입견에서 나온 입방정일 수도 있다. 봉해 자신도 그런 선입견의 소치였다는 것을 깨달았다. 검증되지 않은 이야기를 믿은 자신이 어리석었다. 성도안과에서 수술하기로 마음을 정했다. 잘되고 못되고는 자신의 복이라 여기기로 했다. 큰 도시의 더 큰 안과라고 다 잘되기만 할 것은 아니란 생각도 했다.

샤워하고 옷을 갈아입으며 자꾸 이어지는 잡다한 생각들을 털어냈다. 보청기 배터리를 새로 갈아 넣고, 마스크도 새것으로 착용했다. 손수건과 휴대용 휴지를 챙겨 주머니에 넣었다. 외출 시에만 사용하는 값싼 향수를 팔목과 귀밑에 뿌렸다. 충전기에서 휴대폰을 뽑아 들고 거울 앞에서 안경도 닦아 썼다. 거울 속의 자신을 꼼꼼히 살핀 다음 지팡이를 들었다. 자신이 아내의 출근 준비보다 더 더딘 것 같다.

건강할 때 같으면 집에서 성도안과까지는 걸어서 다닐 만한 거리다. 이젠 지팡이 짚고도 힘겨워 택시를 타야 한다. 택시는 부른 지 5분도 안 되어 집 앞에 대었다.

은행 지점 현금 인출기 앞에서 택시를 보냈다. 은행에서 성도안과 방향으로 100여 미터쯤에 큰 신호 사거리가 있다. 그 사거리를 대각선으로 가로질러 다시 100여 미터 떨어진 곳에 성도안과가 있다. 지팡이를 짚고도 보행이 몹시 불편한 봉해에겐 만만치 않은 거리다. 직불 카드를 내지 않은 봉해는 진료비와 처방 약값으로 현금이 필요했다. 마이너스 통장에서 현금 인출만 할 수 있는 현금 카드 달랑 하나만 사용한다.

코로나19를 잊었는지 장날답게 자동 코너는 만원이었다. 총 네 대의 현금 인출기엔 모두 사람이 붙어 있고 뒤에서 대여섯 명이 형식적 거리 두기로 대기하고 있다. 혹시 아는 사람이 있으면 인사라도 하려고 그들을 살폈다. 키 크고 곱게 늙어 가는 사내만 어디서 본 듯하고 나머지는 낯설었다. 봉해는 그 사내를 어디서 본 누구인지 기억을 뒤적거려 보았지만 떠오르지 않았다. 줄을 서서 차례를 기다리며 눈이 마주치면 목례라도 해 보려고 사내를 살폈다. 사내는 다크 그레이 바지에 아이보리 재킷의 옷매무새가 매우 깔끔하다. 희고 마른 손등에 살짝 얹힌 하얀 손목시계와 맑은 뿔테 안경이 잘 어울리는 차림이다. 마스크로 하관을 가렸지만, 이마와 눈매만으론 젊은 사람으로 알 것 같다. 염색하지 않은 백발 때문에 봉해 자신과 비슷할 것으로 짐작되었다. 자꾸 볼수록 사내는 생경하니 일본인 분위기가 났다.

자동 코너에 가득한 땀 냄새가 에어컨 바람을 발효시키는 것 같다. 밑바닥이 아른거리는 마이너스 통장 카드로 현금 20만 원을 꺼냈다. 지팡이를 챙겨 들고 서둘러 자동 코너를 나왔다. 인도를 반쯤 점거한 노점상들이 각기 상품들을 꺼내 놓고 늘어서 있다. 예전처럼 주전부리도 하며 장 구경을 즐기고 싶다. 뻥튀기를 보다가, 공갈빵을 보다가, 만물상 용품들을 보다가, 민속 공예품을 보며 한참이나 해찰했다. 병원 진료 시간이 다 된 것을 깨닫고 부지런히 걸었다. 이내 숨이 가빠졌다. 또 한참 동안 숨을 고르며 쉬어야 했다. 차라리 천천히 걸으며 쉬지 않는 것이 더 빠를 것이다.

성도안과 맞은편 도롯가에 택시 승강장이 마련되어 있고 너덧 대의 택시들이 나열해 있다. 네댓 명의 기사들이 승강장에 서서 봉해 쪽을 보며 이야기를 나누고 있다. 봉해와 비슷한 또래부터 삼사 년 선배들이다. 얼마나 떠들썩한지 성능 좋은 보청기는 그들의 이야기를 도로 건너편까지 고스란히 받아 와 들려준다.

"저 새끼두 장날이라구 겨나왔구먼."

"이잉 저거 완존히 지독헌 빨갱이여."

"쟤 모를 사람 있겄냐?"

봉해는 자신에 대한 뒷담화인 것 같아 피하려고 얼른 성모안과로 다가갔다.

"어라? 저 새끼 눈구녕서 지진 났나벼. 그 병원을 깔 땐 온제구 거길 들어 간댜?"

"뭐 때미 병원을 까?"

"메칠 전이 내 찰 탔는디 성도안과 수술 잘 뭇허구 돌팔이라나 뭐라나 지랄했쌌태."

봉화는 몹시 불쾌했다. 쫓아가 따지고 싶지만 그럴 여력도 없고, 또 증거도 없이 대들어 봤자 아무 말도 안 했다면 그만이다. 오히려 자신이 정신병자 취급될 것이다. 마녀사냥이 따로 없을 것이다.

병원 안은 짐작했던 대로 사람들이 많아 줄 서서 진료 접수를 하고 있었다. 대기실이 꽤 넓지만 거리 두기로 사이사이마다 빈자리를 두니 앉을 곳도 부족했다. 지팡이를 짚은 채 서서 진료 접수를 기다리려니 다리가 후들거리고 힘들다. 바쁜 와중에 접수를 맡은 직원이 전화를 길게 받고 있다.

"예? 누구요?… 예, 여기 오셨네요. 바꿔 드릴까요?"

직원은 전화를 받으며 봉해를 흘낏거리다가 시선을 돌려서 받고 있다.

"아, 그래요?… 그렇지만 접수를 안 할 순 없지요…. 예 원장님께 그렇게 전할게요…. 제 마음대로 할 수 없고요. 원장님께 말씀 드린다고요…. 예, 알았어요."

직원은 다시 봉해를 흘낏 보며 전화를 끊고 원장실로 들어갔다. 전화 내용을 보고하는 것 같다. 줄서서 기다리는 사람들이 점점 많아지고 있다. 접수하느라고 바쁜 직원이 무슨 일이기에 해찰인지 궁금하다. 묵묵히 기다리는 봉해는 중풍 환자처럼 지팡이를 짚은 팔이 떨렸다.

접수 차례가 오기까지 30분 가깝게 기다려야 했다.

"재작년 가을쯤 여기 왔으니께, 지 기록이 있을 거유."

잠깐이지만 신분증을 받는 직원이 봉해를 째려보는 눈초리가 느껴졌다. 봉해는 이상한 느낌이 들었지만 별스러운 일이 아닐 것으로 믿었다.

접수하고 이내 대기실 한 자리가 비어 봉해가 앉을 수 있었다. 한 시간 가까이 기다렸으니 만약 자리에 앉지 못했다면 고생이 클 뻔했다.

"선생님 안녕하세요? 최봉해 선생님 맞으시죠?"

자신을 알아보고 진심으로 반가워하는 목소리다. 마흔도 안 될 것 같은 아낙이었다. 마스크를 착용한 탓에 그가 누군지 알 수 없어서 말대답 대신 머리를 끄덕였다. 안면 인식 장애가 있는 봉해는 그가 마스크를 착용 안 했어도 누군지 모를 것이다. 지역에서 60년이 넘도록 살아온 자신을 알아보는 이들이 한둘일까? 굳이 그가 누군지 알아야 할 필요는 없었다. 그는 이미 자신의 진료를 끝내고 처방전을 손에 들고 있었다. 그때 진료실에서 봉해의 이름을 불렀다. 그와 나누려던 이야기를 자르고 진료실에 들어갔다.

2년 전과 다르게 생경한 진료실 분위기다. 원장 말고도 네댓 사람이 함께 있다. VROR 검사기기 등 각각 맡은 일에 바쁜 이들이었다. 봉해는 검사하기 전에 원장과 충분한 대화를 할 것으로 알았다. 그러나 차례가 되자 무조건 검사부터 했다. 지난번엔 검사하기 전 안약을 먼저 넣고 기다리라 했었다. 이번엔 무조건 앉혀 놓고 별말 없이 HMD인지 SM인지 기기를 눈에 들이밀었다. 기기를 이내 돌리고 내리고 맞추는가 했는데 밝고 강한 광선을 비추어 대더니 검사 끝이었다.

"최봉해 씨는 백내장 아닙니다. 만약에 수술하게 되더라도 큰 데 가서 하세요."

다짜고짜 큰 데로 가서 수술하라니 봉해는 어벙해졌다. 원장의 말에 핀잔 투가 약간 섞인 이유도 알 수 없고, 그 내용도 이해할 수가 없었다. 2년 전엔 분명 자신이 백내장 시작이라 해 놓고 이젠 백내장이 아니라 한다. 또 수술할 단계인지 안 해도 되는지 진단 내용도 애매모호하다.

"재작년쯤이 왔을 땐 백내장 시작이라구 허셨는디유. 지금은 백내장이 아니라구유?"

"그랬어요. 그래도 지금은 그렇게 안 나왔어요."

원장 목소리에 짜증이 섞여 있다. 봉해의 의아한 표정을 보았는지 원장이 다시 말했다.

"정 그러면 이쪽에서 다시 해 보지요."

원장 진료실을 가운데로 처음 했던 반대쪽 홀이었다. 시력 검사를 포함한 눈CT를 하는 것 같았다. 검사기기를 맡아 보는 이가 여성이었다. 봉해를 기기 앞에 앉혀 놓고 원장이 여성을 불렀다. 잠시 후 자리에 돌아온 여성은 망설이는 것처럼 한숨을 내쉬며 검사를 진행하지 않았다.

"그렇게 했다가 문제 생기면 어떻게 해요?"

잘 들리도록 큰 소리로 원장에게 묻는 말이었다. 이번엔 원장도 큰 소리로 답하는지 봉해에게도 들렸다.

"증거가 없는데 문제가 나봤자지이! 걱정말고 해!"

여성은 검사를 진행하려다가 다시 머뭇거렸다.

"보험도 있고 서류에 기록되잖아요."

"서류를 뭐하러 해 놔? 그렇게 머리가 안 돌아가?"

원장은 여성에게 버럭 화를 내고 있었다. 여성은 다시 한숨을 내쉬며 중얼댔다.

"아이, 나도 모르겠다."

여성도 잔뜩 불쾌해진 얼굴로, 봉해 눈에 댄 검사기기 광선을 눈을 뜰 수 없을 정도록 밝게 비추었다.

검사가 끝난 뒤로도 병원 측이 봉해에게 대하는 일들이 이해하기 어려웠다. 검사 결과는 제대로 알려 주지 않고, 한참 수납 창구 앞에 세워 두더니 처방전도 없이 진료비도 받지 않고 그냥 가라는 거였다.

"처방전 안 줘유?"

귀가 어두운 봉해라서 그냥 가라는 말을 똑바로 못 듣고 다시 물었다.

"그냥 가시래요."

모르는 척 다시 물었다.

"진료비는유? 그것두 안 받나유?"

계산을 맡은 여성은 잠시 머뭇대다가 어쩔 수 없다는 듯이 말했다.

"그럼 이천 원 내세요."

봉해는 안과에서 자신에게 하는 태도가 이상하게 여겨졌지만 어떻게 해 볼 수도 없었다. 2,000원을 내고 계산서를 받고 안과를 나오는데 진료실 안에서 큰 소리가 들려왔다.

"그냥 보내라고 했잖아! 계산서를 왜 내줘? 건방지게 왜 지시대로 안 해?"

봉해는 안과를 나와 아무 생각도 떠오르지 않아서 도롯가에 망연히 서 있었다. 거리는 한가한 시간이라서 도로에 오가는 차도 드물었다. 택시 승강장엔 기사들이 모두 나가고 단 한 명만 남아 있다. 안과에 들어설 때 떠들던 자였다. 그때 그자가 전화를 걸어서 큰 소리로 통화했다.

"맞어어! 저 새끼 맞다니께!… 아잇 틀림 읎어어!… 저 새끼가 그랬다니께…. 내 차를 타구 그런 말 했으니께 내가 분명허게 알지!"

봉해는 자신이 '조현병 환자라도 되어 헛소리를 듣는 것인가?'하는 생각이 들었다. 정신을 가다듬으며 아무 일도 없는 것처럼 횡단보도로 다가갔다. 건너편에 있는 약국에서 안약이라도 사고 집에 갈 택시도 탈 생각이었다. 봉해가 횡단보도를 건너는 동안 택시 기사는 도망치듯이 택시를 몰고 사라졌다.

약국이 있는 건물 3층엔 피부과가 있다. 언젠가 옴 균에 감염되어 주에 한 번씩 달포가 넘도록 다닌 적이 있다. 그때 피부과 처방전으로 아래층 약국에서 약을 구했었다. 약사와 아는 사이는 아니다. 약국엔 약사 혼자 신문을 보며 앉아 있다가 봉해가 문을 열자 얼른 일어났다. 봉해가 말하려는 순간 전화가 울리고 약사는 전화부터 들었다.

"예 열성약국입니다…. 예, 예?… 아! 그래요?"

전화를 받으며 봉해를 흘낏 보고 시선을 돌렸다. 약사의 그런 행동이 봉해에게 의심을 불러일으켰다.

"예예… 하지만 그래도 될지… 알겠어요. 그래 보죠."

약사는 묘한 시선으로 봉해를 보며 전화 통화를 끊었다. 잠깐 침묵하다가 겨우 봉해에게 입을 열었다.

"어떻게 오셨어요?"

"안약 좀 주세요."

"처방전 주세요."

"요 앞이 성도안과서 처방전 읎이 그냥 눈 세척용 안약이나 사라던디유."

"혹시 계산서 받으신 거 없으세요? 그거라도 주세요."

봉해는 진료비 계산한 영수증이 처방전 대신하는지 의구심이 들었다. 이 또한 자신이 장애인이기 때문에 벌어지는 것 같다. 바지 주머니에서 꼬깃거리는 계산서를 꾸물거리며 꺼내어 약사에게 내주었다.

"만 원입니다."

진열장에서 꺼내 주는 안약을 만 원짜리 지폐와 바꾸었다. 약사의 시선이 봉해 등에 꽂힌 것을 느끼며 약국을 나왔다. 택시 승강장엔 택시들이 다시 줄로 들어서 있지만 타고 싶지 않았다. 마음의 갈피를 못 잡은 봉해는 집으로 향하고 싶지도 않았다. 귀소 본능이 자극되었던가? 몸이 더 망가져서 보고 싶어도 못 보게 되기 전에 자신이 나고 자란 구장터를 한번 가 보고 싶었다. 건강할 때 같으면 걸어서도 갈 만큼 지척에 있는 구장터다. 이사 나온 지 40년이 지나도록 그 곳을 바삐 지나친 적은 많지만, 특별히 일삼아 찾아 본 적은 단 한 번도 없었다. 이미 많이 변화되어 옛 모습이 사라진 뒤에야 진작 찾아보지 못한 것이 후회되었다.

봉해는 구장터에 택시로 들어가고 싶지 않았다. 태어나고 잔뼈가 자란 고향에 대한 예의가 아닌 것 같았다. 다시 길을 건너 버스 종점에서 해수욕장 방향의 시내버스에 올랐다. 다음 정거장에서 내리면 구장터가 훨씬 가깝기 때문이다.

버스에 앉아 출발을 기다리는 동안 착잡함이 심정을 마구 헤집었다. 이유가 뭘까? 어떻게 병원에서 그럴 수 있나? 처방전도 없이 진료비도 받지 않고 자신을 내보냈다. 자신이 무엇을 실수라도 한 것일까? 되짚어 보아도 한 가지도 걸리는 것이 없다. 보청기를 했으니 동문서답은 안 할 만큼 잘 들렸었다. 동문서답하거나 이상하게 보일 만한 행동은 절대로 하지 않았다. 그만큼 조심하고 신중했다. 조금만 빈틈을 보여도 최대한 부풀려서 자신을 정신병자로 몰아갈 세력들이 주변에 좀 있기 때문이다. 과대망상에 의한 조현병자 등 네티즌 사이에 이미 일파만파 떠도는 자신에 관한 내용들이 대부분 악성 루머다. 봉해는 그 악성 루머의 발원이 어떤 자들인지 짐작하고도 남는다.

수십 년 전부터 화력 발전소 증설이나 산업 폐기물 처리장처럼 환경을 파괴하거나, 지역 주민들에게 해를 끼치는 사업을 적극적으로 나서서 반대했던 일들이 여러 번 있다. 지역 행정은 그런 사업에 대한 진실은 감춘 채 경제적 이익만 크게 부풀려 추진했었다. 그때마다 부당한 지역 행정에 맞서서 끝까지 반대했었다. 사업을 담당한 공무원에겐 봉해가 원수였을 것이다. 고인인 지역 출신 유명 예술인에 대한 기념관 건립에 대해서도 그랬다. 고인의 유족과 추진해 가는 기념사업회 사이에 갈등이 심했다. 청사진은 물론 설계와 건설사 계약까지 마무리된 사업을 유족이 찬성하지 않았다. 봉해가 유족 편을 들어 기념관 건립을 무산되도록 중요한 역할을 했다. 제사보다 제삿밥에 맘을 두고 추진한 사업은 애초부터 졸속일 수밖에 없는 기념사업회였다. 추진했던 사람들과 담당 공무원들이 봉해를 좋아할 리 없다. 더구나 평화통일을 열자고 거리에서 일인 피켓을 몇 번 들었는데, 보수 성향이 강한 지역 주민의 눈에 곱게 보일 리 없었다. 특히 반공교육을 기초로 탄탄히 정신을 다져 온 오십 대 이상 노년층은, 심하게는 봉해와 같은 사람을 적으로 여긴다. 그들이 봉해의 진심을 알 리 없고 알려고 하지도 않는다. 그들의 눈엔 봉해의 행동들이 주제넘거나 과대망상 증세로 보였을 것이다. 봉해는 자신을 어떻게 보든지 개의치 않는다. 차라리 그들 판단대로 과대망상이더라도, 자신이 겪고 당하는 일들이 사실이 아닌 환각이면 좋을 것이다.

모든 원인이 된, 지금까지 자신이 해 온 일들을 후회하거나 잘못으로 여기지 않는다. 봉해는 단 한 번도 사욕을 위해 나선 적 없고, 오직 공적으로 시민과 지역을 위해 했었기에 잘못일 수 없다고 자부했었다. '평화와 통일 열차'는 모꼬지 활동도 그랬다. 한반도의 미래를 생각할 때 당연히 해야 할 일이라는 판단으로 참여하고 있다. 그러한 자신의 활동들이 지역 주민들의 눈에 좋게 보일 리 없으니 잘못 산 것인가 싶을 때도 종종 있다. 그러나 앞으로도 남이 뭐라 하든, 어떻게 보든, 능력이 닿는 날까지 이어갈 생각이다. 그래야만 심장이 뛸 수 있을 것 같기 때문이다. 평화와 환경은 인류가 존재하는 한 영원한 이슈라기에, 할 만큼이란 한도가 없다고 생각한다. 아무리 해도 과하지 않고, 시대가 무궁히 변화되고 사람이 바뀌어도 그 기치는 식상히 여길 수 없다. 또한 그 기치는 자신처럼 못난 자가 나서지 않으면 나설 자가 드물다. 잘난 이들은 자신을 경영하느라고 나설 수 없다. 그들은 공부도 많이 해야 하고, 결혼도 멋지게 해야 하고, 화려한 가정도 거느려야 하고, 자녀도 잘 입히고 잘 먹이며 제왕의 자리에 앉혀야 하고, 풍족한 생활도 누려야 하고, 남에게 잘 보이기 위해 언행도 외모도 꾸며야 하니, 그들에게는, 한반도 평화통일 따위엔 관심조차 헛된 소모일 뿐이다. 봉해 같은 사람은 부족하고 한심해서 그따위에 목숨 건 것으로 생각할 것이다. 그들의 눈엔 봉해 같은 자들을 존경받는 존재가 되기 위해서 하는 행동으로 볼 것이다. 자신들도 안 나서는데 못나 터진 것들이 주제넘게 나선다고 꼴불견으로 여길 것이다. 봉해 생각은 전혀 다르다. 평화통일은 차세대를 위해 당연히 노력해야 할 현세대의 의무로 여긴다. 존경받을 일도 아니고, 자신은 존경을 기대할 존재도 못 됨을 잘 안다. 지금껏 무시와 차별의 일상에서 살아왔으니 평범한 존재로만 여겨 줘도 감지덕지할 일이다.

정신병적 사고에 빠져 있던 봉해는 깜짝 정신이 들어 황급히 버스에서 내렸다. 장날이라서 내리고 타는 사람이 많았기에 망정이지 하마터면 다음 정거장까지 갈 뻔했다.

봉해가 자란 옛 구장터의 모습은 단 한 가지도 남은 것이 없다. 미로처럼 얼크러졌던 골목길들은 편도 1차선 도로가 대신하고, 허름한 블록 담장의 단독 주택들은 도로를 따라 3, 4, 5층의 상가로 변했다. 그 상가 뒤쪽은 아파트나 이삼 층짜리 양옥집들이 차지했다. 수레나 오갈 수 있었던 하천 제방은 차량 통행이 많은 4차선 도로로 바뀌고, 늘 피비린내가 나는 도축장과 모스 부호를 가르치던 사립학원도 흔적 없이 사라지고, 그 자리에 대형 마트와 김치공장이 들어서 있다. 상가 거리를 이루긴 했으나 장날임에도 한산하다. 애초부터 중심지 같은 번화가도 아니지만 코로나19 때의 영향도 있을 것이다.

옛 모습이 전혀 없는 구장터지만 봉해는 자신이 살았던 집 자리를 한눈에 알아볼 수 있었다. 도지로 얻은 땅에 담도 없이 방 한 칸에 부엌 한 칸 말집으로 시작해서, 방 세 칸 부엌 둘에다 창고 하나까지 늘리고 한쪽에 전세를 들이기까지 했던 집. 땅값과 취득세를 낼 무렵 마당에 설치한 상수도는 이웃들과 공용수도로 열어 주었던 집. 똑똑하고 잘생긴 큰아들 대학 보내고, 병약하고 못난 둘째 아들 결혼 자금 마련하느라고 팔아치운 집. 바로 앞으로 도로가 뚫리며 헐리고 4층 상가 건물이 대신 들어서 있다.

막상 찾아와 보니 딱히 들릴 곳도 만날 사람도 없어서 갈 바마저 없어서 망연했다.

"어르신 말씀 좀 여쭈겠습니다."

뒤에서 부드럽고 낮은 남성의 목소리가 들렸다. 봉해는 어르신이란 호칭 때문에 자신을 부르는 줄 몰랐다. 봉해 팔을 건드리며 다시 말을 걸어와서야 뒤돌아보았다.

"말씀 좀 여쭈어도 되겠습니까?"

낯이 익은 사내다.

"뭐던 물어보슈."

어디서 본 누구인지 기억을 더듬다가 자동 인출기에서 그를 보았다는 걸 떠올렸다.

"어르신께선 여기 사시나요?"

사내도 젊어 봤자 봉해와 연배거나 훨씬 선배일 것 같은데 어르신이란 호칭이 영 어색하다. 염색 안 한 머리와 지팡이를 짚은 봉해 자신이 훨씬 늙게 보일 탓으로 짐작했다.

"어르신은 무슨? 나보담 즉게 드시진 안혔겄구먼. 시방은 예서 안 살어두 나서부텀 한 이십 년 넘게 살었었쥬. 근디 그건 왜 물으슈?"

봉해의 되물음에 사내는 조금 망설이듯 조심스럽게 입을 열었다.

"제가 예전에 살았던 곳이 이쯤인 것 같은데, 너무 많이 변해서 어디가 어딘지 모르겠어요."

"그럼, 그때가 온젠지, 그 당시는 뭐가 있던 자린지 특별 난 거 생각 나시먼 말해 보슈."

봉해는 사내가 처음부터 낯이 익은 듯했던 까닭을 알았다. 사내가 누구인지 마음속으로 기억을 뒤적거렸다.

"도축장도 있었고, 체신부 취업용 학원이 있었던 곳인데요. 아! 벼루공장 옆집에 살았어요."

"여가 맞는디유. 시방은 그런 거 다 읎어졌슈. 뚝셍이두 저냥 널찍헌 도루가 됐잖유."

봉해는 그에게 도로가 된 하천 제방을 가리켰다. 벼루공장 옆집이라면 관촌에 따로 사는 주인 말고 다섯 집이나 살았는데 모두 사글셋방이었다. 그의 얼굴에서 그 집의 한 가족이 어렴풋이 그려지다가 점점 확연해졌다. 봉해는 사내가 누구였는지 알아냈으나 아는 체하기를 주저했다. 그에 대해 가책하던 기억이 먼저 떠올랐기 때문이었다.

"그럼, 혹시 최봉학이란 사람을 아시나요?"

사내가 입에서 형 이름이 나오자 모른 척만 하긴 가책이 가중되는 것 같다. 형을 말하기 전에 사내를 먼저 반기는 것이 우선일 것 같았다.

"경원 형이시쥬? 저 봉해유 최봉해, 봉학이 형 친동생."

경원의 성은 기억나지 않고 이름만 기억난다. 당시에도 그를 호칭할 때 이름만 많이 말했기 때문이다. 사내는 봉해 손을 덥석 잡았다.

"아! 나를 알아보시네. 최봉학 씨 동생? 아~ 그렇군 기억,나오."

"그냥 옛날처럼 반말루 허셔유 형님, 이게 을마만이슈? 참으루 반갑네유."

"우리가 여기서 칠십이 년에 떠났으니 오십 년이 넘소."

경원과 이야기를 할수록 봉해 기억에 옛일이 새록새록 떠오른다.

봉해가 초등학교 4학년 때쯤 경원네가 구장터에 들어왔다. 경원 가족은 그의 여동생과 어머니까지 셋뿐이었다. 어부였던 아버지에게 말 못 할 사정이 생겨서 한동안 세 명만 지내야 한다고 했다. 아버지 일로 고향인 섬에서 육지로 나오게 된 셋은, 인천으로 목포로 이사 다니다가 구장터까지 오게 되었다고 했었다. 그 아버지에게 생긴 사정이 무엇인지 한동안 알 수 없었다. 가족 중에 누구도 자기 가장에 대해선 어떤 이야기도 안 했기 때문이었다. 봉해는 경원에게 그동안의 가책도 있고, 그를 그냥 선 채로 맞을 수 없었다.

"형님, 우리 저기 가서 커피라두 마시메 얘기허쥬?"

상가 중 최근에 지은 것 같은 건물 3층에 있는 카페를 가리켰다.

"… 시간이 좀 남았으니 그렇게 합시다."

손목시계를 들여다본 경원은 앞서서 카페로 다가갔다. 지팡이 짚은 손을 조금 떨면서 경원을 따르는 봉해는 가쁜 숨이 차올라 힘이 들어도 표 내지 않으려고 애썼다. 카페엔 자리가 많이 비어 조용하고 한가롭다. 전망 좋은 창가 자리에 앉았다. 남서쪽이라서 자리에 볕이 들지 않아 좋았다. 창밖으로 천변에 조성된 공원과 강 건너편 마을까지 한눈에 보였다. 경원의 기호가 자신과 같아 아이스 아메리카노 둘을 주문했다. 커피값을 내고 자리에 앉는 봉해를 잔잔히 바라보던 경원이 혼잣말하듯이 입을 열었다.

“산천도 사람도 격세지감이네. 귀여운 그 아이가 이런 할아버지가 되셨으니.”

봉해는 당시의 자신이 귀여운 모습보다 가여운 모습이었을 것임을 잘 안다. 기계총으로 원형 탈모에다 지독한 습진으로 온몸이 진물투성이고, 중이염이 심해 고름과 냄새를 흘리며 두 눈마저 늘 지짐거리는 아이가 어찌 귀엽게 보였을까? 봉해를 배려하는 경원 마음을 50년 만에 느낀다. 누구나 봉해를 멀리하던 어린 시절, 그때도 경원은 단 한 마디 말도 봉해에게 함부로 하지 않았다. 봉해는 그런 경원을 매우 좋아했었다. 남아 있는 옛날 풍경이라도 찾으려는지 창밖을 내다보는 경원에게 궁금했다.

“오십 년 만에 오신 까닭은? 뭘 찾구 싶으신 거유? 아니면 누굴 만나구 싶으신 거유?”

“무엇이 남았을 거라고 찾겠소? 그냥 분실된 내 청춘이 아쉬워서 마지막으로 한번 돌아보려고 온 것이오. 봉학 씨도 추억에 묻어 있어서….”

“형님! 옛날처럼 그냥 반말루 허시라니께유. 그 하소가 뭐유? 너무 오랜만이라서 생경허시겄지먼, 추억을 제대루 느끼실라먼 내게루두 옛날마냥 허셔야지.”

경원은 조금 겸연쩍은 듯이 빙긋이 웃음을 지었다.

경원과 봉학 사이의 일은 봉해도 잘 알고 있다. 경원과 연인 사이인 이현옥이란 여성을 봉학이 짝사랑했었다. 봉해는 상사병까지 앓는 형 때문에 좋아하던 경원을 미워하게 되었다.

"봉학 씨는 이현옥 씨랑 잘되었나?"

"천재라서 판검사 될 거라구 소문날 만큼 똑똑헌 경원 형을 반대헌 그 누나네서 우리 형을 좋아허겄슈? 우리 형두 일찌감치 마음 접구 현옥이 누나완 상관없이 살었쥬. 형님네가 떠나셨던 그 해에 형은 자원입대허구 제대헌 다음 해인 신학대 들어갔슈. 시방은 아산서 목회허유."

"현옥 씨는 어데 사는지 알고 있나?"

봉해는 이현옥에 관한 질문엔 제대로 대답해 주고 싶지 않았다.

"거긴… 글쎄 저두 잘… 그 집두 얼마 뒤 이사 가구서… 오서오떻기 사는지 물러유."

차라리 모른다고 해야 편하고 경원에게도 좋을 것 같아 거짓말을 했다.

봉해는 봉학을 따라간 교회에서 피아노로 찬송가를 반주하는 이현옥을 처음 보았다. 어릴 때부터 피아노 교습을 받았는지 반주 실력이 보통을 넘었다. 특히 건반을 현란하게 두드리는 곱고 하얀 두 손이 매우 멋지게 보였었다. 그리고 몇 주 뒤에 사립학원 원장 딸인 것을 봉학의 입을 통해 알았다. 형이 현옥에게 한눈에 반한 거였다. 현옥에 대한 형의 짝사랑을 봉해가 알았을 땐 이미 경원과 현옥이 서로에게 깊이 빠진 연인 사이였다. 어떻게 만나게 되었는지는 모른다. 빠르게 가까워진 두 사람은 달 밝은 밤이면 냇둑에 나와 만났다. 주말이면 바다나 산으로 같이 나갔다. 은밀하게 행동했으나 어디서든 두 사람을 알아보는 눈들이 있었다. 그 무렵 형 봉학이 현옥으로 인해 앓아누웠다. 봉해는 그날부터 현옥과 경원을 미워했다. 형을 위해 두 사람을 갈라 놓거나 골탕 먹이려고 심술을 부리기 시작했다. 냇둑에서 만날 땐 철없는 아이랍시고 끼어들고, 사람들이 많이 오가거나 광고지 많이 붙는 벽에 낙서로 광고했다.

'달빰이면 냇뚝서 경원이 현옥 맷돌을 돌린다.'거나 '경원 현옥 두리 밤마다 얼레꼴레 헌다.'는 광고에 선정적인 그림까지 곁들였다. 얼마 못 가 이장에게 들켜서 '어디다 싸가지 없는 낙서질'이냐고 혼쭐나서야 더 할 수 없었다. 거기까진 뜨거운 두 사람의 애정에 아무런 훼방이 되지 못했다. 오히려 현옥의 집에서 알게 되고 경원을 좋게 여겨 두 사람을 약혼시킨다는 소문이 돌았다. 봉해는 봉학이 심히 걱정되었다.

약혼 날짜를 잡는다던 날 즈음이다. 인천에서 빚을 받으러 온 사람이었다. 경원 어머니가 조개를 캐다 팔아서 남매 가르치며 겨우 먹고 사는 처지였다. 빚을 감당할 수 없을 것으로 판단했던지 빚쟁이는 큰소리로 모지락스럽게 독촉을 해댔다.

"내 돈 떼먹고 도망 다니면 내가 찾지 못할 것 같았나? 어서 내 돈 내놔!"

"조용허소. 그러잖어도 갚아 드릴라고 준비허고 있었으니께."

경원 어머니는 조용한 음성으로 대했다. 빚을 갚기 위해 모으던 돈에 부족한 액수를 봉해 어머니께 빌려서 원금이라도 빚쟁이 앞에 놓았다.

"이잔 찬찬히 보내 드리겄소."

이자를 받지 못한 빚쟁이는 손해 본 느낌인지 이맛살을 한껏 구기며 막말을 해댔다.

"내가 이딴 집구석인 줄 알았다면 돈은커녕 애초에 상대도 안 했지."

"뭣이요? 이딴 집구석이오? 돈 받아가메 오째 고롷기 막말이쇼?"

자존심 몹시 상한 경원 어머니의 조용한 항변이었다. 빚쟁이는 목소리조차 낮추지 않았다.

"이딴 집구석 아니면 뭐야? 내가 당신 찾으려고 섬까지 들어갔더니 거기서 그럽디다. 당신 남편이 고정간첩이라서 잡혀갔다고, 빨갱이 집인 걸 알았다면 내가 당신을 상대나 했겠어?"

경원 가족들은 한낮이라서 집안이 텅 비어 다행이라 생각했을 것이다. 그러나 틈만 나면 경원 집을 들랑거리던 봉해가 그날도 대문 앞까지 간 것이 탈이 되었다. 간첩이란 말에 경원네 가족들이 무서워졌다. 가장 먼저 어머니에게 알렸다. 돈 빌려 준 것 빨리 받아 내라는 뜻이었다. 현옥에게도 알려서 무서운 경원과 헤어지도록 해야 옳다고 생각했다. 현옥이 경원과 헤어지면 봉학에게 오리라는 기대도 했다. 그러나 차마 현옥에게 직접 알리진 못했다. 경원 아버지가 고정간첩이란 것을 은밀하게 퍼트리는 방법을 사용했다. 퍼트린 효과는 이틀도 안 지나고 나타났다. 온동네에 빠르게 퍼져 버린 소문을 현옥 집에서 못 들을 리 없었다. 현옥 아버지가 경원을 불러서 확인하고 둘의 결혼을 없었던 것으로 했다. 현옥은 경원과 헤어질 생각이 없었던지 경원의 집을 번질나게 오갔다. 경원도 몇 번이고 현옥 아버지를 찾아 마음을 돌려보려 애썼다. 결국 현옥 아버지는 경원에게 막말을 퍼붓고 다신 만나 주지도 않았다.

"우리 집안은 너 같은 빨갱이의 자식을 절대 들일 수 없으니까, 아는 척도 하지 마!"

현옥 아버지는 그날로 현옥의 머리를 흉하게 잘라서 감금시키듯 외출을 막았다. 경원의 가족에 관한 이야기는 마녀사냥식으로 동네방네 떠돌았다. 소문과 함께 대부분의 구장터 사람들은 경원의 가족을 멀리했다. 경원의 가족은 구장터에서 더 살 수가 없게 되었다. 경원은 상처만 가득 품은 채 현옥을 포기하고 구장터를 떠나야 했다. 경원이 떠나고 사흘 뒤 현옥은 음독

자살을 시도했다. 당장 죽음은 면했지만, 그 후유증인지 경원을 못 잊어서인지 시름시름 하다 몇 년 뒤 사망했다. 그가 죽고 그의 가족도 모두 접고 어딘가로 떠났다. 봉해는 자신이 경원에게 얼마나 큰 잘못을 했는지 철이 들 때까지 깨닫지 못했다. 상처만 받은 곳을 추억의 장소로 찾아온 경원의 마음이 애잔하다. 봉해는 자신 잘못에 대한 용서를 구할 기회라고 생각되었다.

"인제서야 형님께 용설 빌게 되었네유. 지가 그땐 철이 읎어서 형님 댁에 큰 잘못을 했슈. 형님 아버님 이야길 젤 먼저 퍼트린 자가 바루 저유. 우리 형이 상사병… 아니, 어쨌든 죽을죄를 졌슈."

봉학 때문에 그랬다는 말은 핑계일 뿐 진정한 사죄가 아니란 생각이 들었다. 빨대가 꽂힌 아이스 아메리카노 커피를 길게 빨아 마신 경원은 평온한 얼굴로 말했다.

"이미 반백 년이나 지난 일을 뭘 따지겠나? 다 내 복이고 인연이 그런 것이지."

아무렇지 않게 말해 주고 있지만, 그 상처를 지니고 떠난 후 어디서 어떻게 살았는지 궁금했으나 봉해로선 묻기도 죄스러웠다.

"여길 떠나시구 오디서 오찌 지내셨슈? 허시던 고시 공부는 성공허셨나유?"

고개를 저은 경원은 가늘게 뜬 눈으로 잠시 생각하다가 깊은 한숨을 내쉬고 입을 열었다.

"말하자면 긴데… 아버지는 집안 시제를 지내려고 북에서 내려온 사촌에게, 큰할아버지 유산을 전해 준 것과 하룻밤 재워 주었을 뿐이지. 그 일이 고정간첩이란 죄가 붙을 줄은 꿈에도 모르셨지. 그 죄가 내겐 연좌제란 불도장을 찍어 놓았지. 그것으로 국가 공무원이든 큰 기업이든 응시하면 합격하고도 면접에서 떨어졌지. 웬만한 사기업 취직도 걸림돌이 되었어. 늙은 어머니께 더는 가장의 짐을 지울 수 없었어. 돈을 벌겠다는 결심을 하게 되었지. 군을 제대하자마자 돈벌이를 찾아다녔어. 공사장 막일이라도 하려고 시도했지만, 공부만 해온 체력으론 감당이 안 되더군. 고민 끝에 노점상을 했어. 폭력배들에게 얻어맞으며 처음엔 잡다한 생활용품들을 팔아 봤지만, 같은 품목을 파는 장애인에게 밀려서 신통치 않았어. 곡식을 받아 되파는 것을 했는데 말감고의 야박한 손질에 항의하고선 회의감에 그 일도 그만두었지. 중화요리 배달도 한 일 년 했어. 박봉이지만 배불리 먹는 것하고 요리 배울 생각으로 참고 일을 했어. 어느 날 배달시켜 먹고 돈 안 내려고 트집인 자와 멱살잡이하고 그만두었지. 구두 만드는 기술자 밑에서 몇 달, 금은방 종업원으로 한 일 년, 전파사 일도 했었고, 일자리를 그만둘 때마다 일방적인 피해자였지…. 그렇게 고생하다가 봉제공장에 들어

가서 안정을 찾게 되었지. 오너가 일본에 본사를 두고 있는 제일교포로 한국에서 성공하고 중국까지 진출한 업체였지. 몇 년 월급쟁이 재봉사로 일하며 어깨너머로 재단과 디자인을 배웠고, 사람 좋은 오너는 자신이 노쇠해지자 착실한 내게 중국공장 운영권을 넘겼고, 나는 그 공장을 더 크게 지을 만큼 성공했지. 나도 이젠 물러나야 할 나이인 것 같아 함께 일해 온 후배에게 운영권을 넘겼어. 남은 인생은 여행하며 지내려고, 제일 먼저 고국부터 돌아보기 위해 여길 오게 되었지."

이야기를 듣다 보니 경원을 존경하고 싶어진다.

"고생 많으셨던 이야길 들으니께 지가 더 죄송허네유…."

봉해의 자책에 경원은 웃음을 머금으며 고개를 저었다.

"따지고 보면 한반도에 살아가는 사람은 모두 다 피해자인 걸. 남이든 북이든 서로의 사상이 다른 점 때문에, 가깝던 사람까지 서로 죽고 죽인 전쟁도 부족하다고. 정치에 악용되고, 인권을 유린, 탄압당하고, 자유를 속박당하고, 멸시와 천대를 받으며…. 모두 폭폭한 사회의 서글픈 단상들이지. 공산주의든 자본주의든 서로의 사상을 인정하고 욕심이 과하지 않고 폭력이 사용되지 않도록 경계 조율하며 상생하는 것이 진정한 민주주의인 것을…. 아직도 그 다르다는 것 때문에 동족을 물어뜯으며 강대국에게 목줄이 매여 빌붙어 사는, 참으로 불행하고 딱한 족속이지."

"맞아유. 북도 그렇지먼, 북의 인권을 말허먼서 자신은 반공으루 굳어서 죽더락 변허지 않는 사람덜이 아직두 많지유. 자본주의를 참 민주주의루다 둔갑시켜서 욕심껏 차지허구 넘치더락 누려가메, 성실허구 청렴헌 이들께 물가나 올려 피해 주먼서, 무능허구 못난 거루 깔봐가메, 산천이 변허구 문화가 바뀌구, 세대가 네 번이나 바껴두, 절대루 변허지 않는 사람덜이 있지유."

"하하하, 그들은 안 변했어도 아우님은 많이 변했네…. 그런 세대 그런 사회에 태어났으니 어쩌겠나? 그래도 세계 곳곳에 우리보다 더 힘들고 불행한 인종도 많으니 그 인종들을 보며 스스로를 위로하는 수밖에…."

봉해는 자신이 많이 변했다는 경원의 말에, 경원을 빨갱이 아들이라고 소문 퍼트렸던 일이 상기되었다. 어릴 때지만 그토록 반공정신에 갇혔던 자신이 부끄러웠다. 그런 자신이 지금은 어떤가? 아침에 택시 기사로부터 지독한 빨갱이 새끼란 소리를 듣지 않았던가? 가까운 이웃들에게까지 당했던 경원의 설움과 고통에 비할 바는 못 되지만, 자신도 그 반공정신에 의한 피해자 입장이 되어 있다. 경원에게 한 일을 생각하면 자신도 자신을 비난하는 사람들을 탓할 자격이 없었다.

무거운 이야기로부터 일상적인 이야기로 돌려 보자고 경원에게 물었다.

"자년 몇이나 두셨슈?"

경원은 대답을 할지 말지 머뭇거리듯이 뜸을 들여 말했다.

"난 이때껏 결혼도 않고 혼자야. 지금껏 마음에 끌리는 여성도 없었고 결혼을 하고 싶은 생각도 없었어. 어머니 때문에 선은 몇 번 보았지만 모두 내가 소극적이었지…."

그만큼 여기서 떠날 때의 상처가 너무 깊었던 것이리라 생각되어 봉해는 저절로 숙연해졌다.

"오늘 여기서 아우님을 만난 건 내게 큰 행운이네. 이젠 잠재된 상처까지 모두 털어 낼 수 있을 것 같아."

봉해는 자신을 완전히 용서한다는 뜻 같아 경원의 말이 매우 고맙게 들렸다.

"실은 저두 오늘 아침 거리 한복판서 빨갱이 새끼란 욕을 된통 먹었지유. 울화가 치밀었지먼 항거헐 수두 읎는 상황이었슈. 맘 갈피를 잡을 수 읎어서 방황으루다 여까장 찾어온 참인디, 형님을 만날라구 그랬나 봐유."

어느새 정오를 넘어 자리에 볕이 들고 눈이 부셨다. 그러잖아도 눈이 좋지 않은 봉해는 미간이 구겨졌다.

"눈 부셔서 더 뭇 있겄네, 오디 가서 점심으루 뭐라두 요길 허시야쥬? 아니먼 요 앞이서 술 한 잔 허실까유?"

"아니, 아쉽지만 시간이 얼마 남지 않아서 이젠 작별해야겠네. 내가 고생할 때 큰 도움을 주신 신부님이 이쪽에 계셔서 뵙기로 약속했거든."

봉해는 진실로 경원과의 헤어짐이 아쉬웠다. 지팡이 짚고 더딘 걸음이 더 더디게 카페의 계단을 내려왔다.

"형님, 온제 또 뵐 수 있으까유?"

"글쎄, 다시 보게 될까? 하긴, 건강히 오래 살면 또 볼 수도 있겠지."

경원이 약하게 한숨을 내쉬며 젖은 듯 맑은 눈으로 잔잔한 웃음을 보였다. 봉해에게 전화번호나 메일 주소 같은 것을 주지 않았다. 봉해도 미처 생각 못 하는 척했다.

"오늘 아우를 만나서 행복을 담고 가네. 사는 날까지 가슴에 간직하겠네. 건강하시게."

봉해가 제대로 작별 인사 할 사이도 주지 않고 경원은 냉정히 돌아서서 잰걸음으로 멀어져갔다. 봉해는 그가 보이지 않도록 망연히 서서 생각에 잠겼다. 그의 수많은 고생에 대해 봉해의 사과 한마디로 보상이 될 순 없다. 또 누구도 그 피해를 보상해 줄 사람도 없다. 짐작하건대 경원은 사회가 변하는 것만으로 위안할 것이다.

봉해는 자신도 일련의 일들을 개의치 않기로 마음을 다졌다. 아무것도 바라지 않고 남은 인생 저 불행하고 가여운 족속들의 기호에 맡기리라. 비난이든 조롱이든 훼방이든 폭력이든 마녀사냥이든 가하면 당하리라. 저들이 과대망상의 조현병자로 몰아가면 조현병 환자가 되리라. 아가페는 연민으로 시작하는 것. 조현병자로 떠오른 자신을 신만큼 높은 자리에 오만하게 올려놓고 그들을 내려다보며 연민하리라 결심한다. 살 만큼 살았고 공명심도 없는 봉해에겐, 남에게 내보일 자신의 이미지란 아무런 의미도 없었다. 마음 내키는 대로 자유나 누리다 가리라고 과대망상 속으로 깊이 스며든다. 늦여름에서 초가을로 넘어가는 오후의 땡볕이 그늘 속에서만 지내 온 봉해의 몸을 뜨겁게 데우고 있다.

안학수소설 5

머구리에서 무거리로

오늘도 배건준이 오고 있다. 주말이라 활동 도우미도 없이 혼자 오고 있다. 는개 속이라서 침침하고도 뿌옇지만 틀림없는 그다. 큰 사거리에서 사랑복지센터까진 직선으로 150미터쯤 된다. 사랑복지센터 3층 창과 큰 사거리 사이엔 시야를 가릴 만한 건물이나 나무 같은 것이 없다. 아는 사람이라면 누구라도 그가 건준임을 알아볼 만하다. 그는 전동 스쿠터를 타고 큰 사거리 건널목에서 신호를 기다리고 있다. 우산 대신 벙거지를 쓴 것만 다를 뿐 늘 보던 그대로다. 새벽부터 센터에 올 때까지만 해도 치적치적 내리던 빗줄기가 는개로 변했다. 마치 우산을 들 수 없는 건준을 위한 것만 같다. 행복동 주민 자원봉사단은 겨울을 대비해 11월 한 달 동안 주말마다 자원봉사를 나선다. 건준도 봉사에 참여하려고 오고 있을 것이다. 오전 9시 30분까지 모이니 아직 50분이나 남았는데 헬스도 안 하는 건준이 벌써 오고 있다. 탱숙은 건준의 모습을 사진으로 한 컷 잡아 놓고 는개 자욱한 거리 풍경을 한 줄 메모해 놓았다.

"으이구~! 오늘마냥 궂은 날일랑 즘 빠지먼 워디가 창나? 저런 몸으루다 뭣헐라구 나와?"

탱숙과 함께 밖을 내다보던 윤성열이 기어코 혼잣말로 중얼거린다. 탱숙은 옳지 못한 뒷담화를 그냥 들어줄 수 없어서 정색했다.

"부회장님, 무슨 말씀을 그리하세요? 나오면 어때서요?"

"아니, 생각해 보슈, 이게 봉사허자는 모임인디, 저냥 생겨가지구 이런 디 오면 무슨 봉살헐 수 있냐구유. 봉산커냥 봉사단 일거리만 보태지유, 안 그류?"

윤성열은 자원봉사단 부회장이다. 그의 말이 냉정하고 바른 말이긴 하다. 그러나 탱숙 생각은 다르다. 봉사하려고 자원해서 나온 모임이니, 그런 모임답게 건준 같은 이를 돕는 봉사로 참여의식을 높이면 안 될 건 없다는 생각이다. 더구나 장애인과 기초 생활 수급자를 위한 자원봉사다. 이런 봉사나 저런 봉사나 같은 마음으로 하면 그만큼 보람찬 일이 될 것이다. 공무원 출신 아니랄까 봐 현실과 조건에만 맞추려는 윤성열이다.

좀 더 넓게 생각할 수 없냐고 따지고 싶은 말이 목구멍에 닿지만 탱숙은 그대로 삼켜 버린다. 곧 당도할 건준 앞에서 논쟁할 말이 아니기 때문이다.

배건준은 중증 장애인이고도 기초 생활 수급자이기도 하다. 복지과에서 나오는 생활 지원금을 절약하며 자원봉사단에 회비 외 기금으로 다달이 5만 원씩 내놓고 있다. 자신이 몸으로 하지 못하는 봉사를 기금으로 대신한다는 뜻이다. 그렇다고 그가 정치나 사욕에 뜻을 둔 것도 아니다. 그만큼 그는 순수한 마음으로 참여에 의미를 두는 것이다. 그런 참여도 안 하면 건준은 그냥 집에서 하나의 물건처럼 우두커니 있어야만 한다. 종일, 날마다 그렇게 있으려면 얼마나 고독할까? 얼마나 무료할까? 그런 그에게 직접 대놓고 말하진 못하고 뒷담화하는 윤성열이 탱숙은 싫었다.

탱숙이 건준을 처음 만난 것은 중학교 때다. 건준은 학교를 대표하는 마라톤 선수였다. 군에서 주체하는 20킬로미터 단축 마라톤 대회에서 성인들과 함께 뛰어 당당히 입상했다. 황영조가 나타나기 전엔 그만 한 유망주도 흔치 않았다고 추억한다. 탱숙 역시 여자 중학교 배구 대표선수였다. 팀의 스파이커 주포거나 주요 세터는 아니었다. 신장보다 점프력에 의한 타이밍 정확한 블로킹과 넓은 리시브 능력을 인정받는 주전이었다. 또한 볼 중심부를 살짝 빗겨 강하게 먹이는 드롭커브형 서브가

특기다. 강하게 뻗어 가던 볼이 네트 넘어 이내 뚝 떨어지는 서브다. 그 서브로 적어도 세트당 두세 점 이상씩 올렸다.

그날도 군내 체육대회가 이틀째 열리고 있었다. 건준의 학교 본부와 탱숙의 학교 본부로 설치된 막사가 바로 옆이었다. 건준은 이미 끝난 마라톤에서 학생부 우승자였다. 42.195킬로미터 풀코스가 아닌 20킬로미터 하프 마라톤이지만, 그를 지역에서 유명하게 하는 데 충분했다.

탱숙도 마라톤에서 우승한 건준을 멋있게 생각은 했지만, 자신과 가까운 사이가 되는 건 꿈도 꾸지 않았다. 마라톤 경기를 끝내고도 건준이 운동장에 남아 다른 종목을 관람하고 있었다. 탱숙의 학교 배구팀이 결승전에 올라 있었다. 곧바로 열릴 결승전을 위해 몸을 푸는 연습 중이었다. 튀어 나간 공을 쫓아가니 건준이 공을 잡아서 탱숙 앞에 내밀었다. 두 사람의 눈과 눈이 상대를 빠르게 스캔했다. 아주 짧은 순간이었다. 둘 다 펜홀더 탁구채형의 까무잡잡한 얼굴이다. 누가 둘을 놓고 보았다면 이란성 쌍둥이라 할 만큼 닮았다. 특히 서글서글한 눈매가 많이 닮았다. 공을 받아 들던 탱숙은, 갑자기 건준이 송두리째 스며들어 가슴에 야릇함이 가득 차올랐다. 숨결이 커지며 마치 자신이 건준으로 업그레이드된 것 같았다.

"탱자야! 넌 놀러 왔냐?"

탱숙의 별명을 목청 나갈 듯이 부르는 소리에 정신이 번쩍 들었다. 배구부를 지도하는 체육 선생이 탱숙에게 눈을 부라리고 있었다.

그날 이후 탱숙의 마음은 오로지 건준으로만 가득했다. 건준은 탱숙 말고도 여중생들에게 인기가 많았다. 건준이 자신을 좋아해서 학교 주변을 맴돌더라는 정신 나간 아이도 있었다. 그 여학생들의 입 틈에서 탱숙의 귀를 번쩍 깨우는 소리가 새어 나왔다. 건준이 주말마다 경찰서 뒤 돌교회에 나간다는 정보였다. 대리석을 벽돌처럼 깎아 세웠다고 돌교회라 부르는 곳이었다. 함께 듣게 된 여학생 누구 누가 건준 보려고 돌교회에 나간다는 소리는 좀 거슬렸다. 정보를 얻은 날부터 토요일이 기다려졌다. 날이 가까워질수록 무엇을 차려입고 어떻게 꾸미고 갈지에 온통 정신이 팔렸다. 용돈을 털어 기독교 용품점에 가서 예쁜 성경도 샀다. 불교 집안인 데다 늘 감시하는 오빠에게 성경을 들킬까 조마조마했다.

90여 년 역사를 지닌 돌교회는 지역 교회 중 가장 오래된 교회다. 건준의 증조는 돌교회 설립을 주도한 신자였다고 한다. 건준이 탱숙을 보자 적극적으로 나서며 관심을 보였다.

"명천여중 배구 선수지? 반갑다. 앞으로 열심히 나와라."

탱숙은 말없이 그가 권하는 자리에 앉으며 보란 듯이 성경을 앞에 놓았다. 건준은 중등부 회장이었고 그가 그날 학생회 예배의 사회였다. 찬송가를 부르는 것도 성경 구절을 찾아 읽는 것도 모두 매우 익숙하게 예배를 이끌었다. 그런 그의 모습이 멋있게만 보였다. 마치 연예인 앵커나 유명한 아나운서처럼 자연스럽게 여겨졌다. 그때까지 부흥회 등 교회 문화를 전혀 대하지 못했던 탱숙에겐 모두 새로웠다.

"주일 예배하고 토요일 학생부 예배에 빠지지 말고 나와라."

예배 끝나고 건준이 건네는 말을 잊지 않고 기억했다. 그날부로 탱숙은 아주 오래되고 돈독한 신앙의 기독교 신자 같은 돌교회 학생부원이 되었다. 건준은 날마다 학생부 새벽 기도를 마치고 함께 아침 운동을 나갔다. 나오는 여학생이 많지 않아서 탱숙은 더 새벽을 좋아했었다.

건준과 탱숙 외엔 새벽 기도에 아무도 나오지 않았던 날이 었다.

"사실은 배구 경기하던 날 너랑 마주친 그때부터 네가 돋보이더라. 배구 선수들은 대부분 키가 크고 늘씬하잖니? 너를 보고 나니 다른 애들은 전부 멀대처럼 보이더라. 그때부터 너를 만나고 싶어서 명천여중 앞을 맴돌기도 했었다. 그런 네가 교회에 나왔으니 얼마나 반갑고 좋았겠니. 속으로 하나님 감사합니다아~를 외쳐 댔단다."

아침 운동 중에 탱숙에게 들려준 건준의 고백이었다.

"푸후후후… 실은 나도 그날 그랬어. 눈을 마주친 그 순간에 머릿속이 너만으로 덮어쓰기가 되어 버렸어."

"그으래? 하하하하."

탱숙은 건준과 자신이 서로에게 끌린 것을 알고 그가 더 좋아졌다. 둘 사이가 한껏 가까워지는 계기였다. 그날부터 고등학교 졸업반 되기까지 둘만의 자리를 자주 만들게 되었다.

탱숙은 봉사에 함께하려는 것보다 봉사단원들의 봉사 장면을 취재하려고 나왔다. 관보를 담당하는 친구를 돕기 위해서다. 지역 주민이나 자치단체에서 하는 크고 작은 행사에 사진을 찍어 올리거나, 때론 특별한 일을 기사로 써서 올리기도 한다. 친한 친구를 돕는 것이지 돈이 생기는 건 아니다.

건준이 사랑복지센터 현관에 당도하는 것을 확인하고 헬스장으로 들어갔다. 건준과 함께하려면 2층 B강당으로 가야 한다. 자원봉사대 모임 장소가 B강당이다. 그러나 시간이 50분이나 남았다. 건준과 너무 오래 같이 있다간 뻘쭘하거나 무료해서 이야기를 나누게 될 것이다. 그러다 보면 자신의 정체를 들킬 수도 있어서 잠깐씩만 스치듯이 그를 대하는 까닭이다. 또한 매일 헬스장을 이용하는 아침 운동도 빼먹을 수 없다.

헬스장은 여느 때에 비해 한산하다. 누구의 기호인지 비발디의 봄이 현악으로 홀을 장악하고 있다. 러닝머신을 타기엔 그리 편치 않은 음악이다. 탱숙은 눈치 볼 것 없이 오디오의 볼륨을 줄였다. 러닝머신은 차례를 기다려야 사용할 수 있을 만큼 아침엔 사람이 많다. 오늘은 두 곳이나 비어 있다. 이미 운동을 미리 마치고 샤워장에 줄을 선 사람이 많다. 탱숙도 30분만 러닝하고 봉사에 참여할 생각이다. 빈 러닝머신에 올라 서서히 속도를 올려서 평소보다 조금 빠르게 조정했다.

고등학교 졸업반이 될 무렵엔 건준과 떨어질 수 없는 사이가 되었다. 다만 대학 입시 준비 때문에 둘만의 시간을 낼 수 없게 되었다. 목회가 꿈이었던 건준은 신학대학을 준비하고 있었다. 신부수업이나 하다가 시집가란 부모의 권고에도 불구하고 탱숙는 진학을 포기할 수 없었다. 건준의 목회에 함께하려면 기독교 교육학이라도 공부해야 한다고 생각했기 때문이다. 전문대라도 나와야 건준의 목회에 도움이 될 것 같아서 고민하고 있었다.

건준에게 갑자기 날벼락 같은 변고가 일어났다. 집안 혼인잔치에 다녀오던 아버지의 승용차가 대형 트럭과 추돌하는 교통사고였다. 차가 5미터 높이의 도로 밑으로 전복되어 아버지와 어머니 그리고 형과 동생까지 가족이 모두 사망하는 사고였다. 건준만 대학 입시 준비에 바빠 함께 가지 않았기에 무사할 수 있었다. 건준은 하나님을 원망하거나 슬퍼서 울부짖을 경황조차 없었다. 건준의 불행이 시작된 것이었다. 삼촌과 고모가 있지만 건준을 부모처럼 돌봐줄 만한 형편이 아니었다. 오히려 삼촌은 장례가 끝나고 두 달도 못 되어 본색을 드러냈다. 건준 아버지 소유였던 부동산 명의를 자신의 소유로 바꿨다. 부동산

들이 모두 배 씨네 문중 재산인데, 건춘 아버지가 배 씨네 대종손이라서 소유했던 것이라 했다. 이젠 자신이 대종손이 되었으니 자신이 관리를 맡아야 한다는 것이었다. 종씨들이 인정하고 그 증거를 내놓으니 건준도 따를 수밖에 없었다. 대종손의 권리를 두고 유리하게 삼촌과 다툴 수 있지만, 성직자 되려는 건준은 불필요한 소모로 여겼다. 부동산이 없어도 아버지의 재력으로 생활하기엔 충분할 줄 알았다. 그러나 3개월 후 은행에서 상환금 독촉장이 날아왔다. 무슨 일인가 은행에 가서 알아보았다. 아버지가 사업하느라고 대출받아 쓴 돈이 3억 원인데 빚도 상속되니 갚으라는 거였다. 변호사 사무실을 찾아가 상담하고 상속 포기서를 내야 했다.

부동산을 모두 가져간 삼촌은 건준에겐 관심도 없었다. 사업이 바쁘다고 외국에 나간 뒤 아무 연락도 없었다.

"인마! 중학생도 아니고 곧 군대 갈 사내 녀석이 자기 앞가림은 할 줄 알아야지, 나이 먹은 작은 아배 피 빨아 먹으메 살래? 짜식이 염치가 있어야지."

삼촌은 그렇게 외국 나가기 전 건준에게 핀잔으로 직성을 풀고 갔다. 가난한 집 남자와 연애 결혼한 고모는 자녀들 거두기도 버거운 처지였다. 건준에겐 의지할 지팡이나 비빌 언덕이 없었다. 더구나 갑자기 가족을 잃은 정신적 트라우마 때문에 지속적인 치료를 받아야 했다. 자신에게 탱숙마저 없었다면 어찌 되었을지 건준 스스로 짚어 본다.

"탱숙을 만날 때마다 용기를 얻어 마음을 다잡을 수 있었어. 시시콜콜 피곤한 이야기를 말없이 들어준 탱숙이 나의 큰 은인이야."

결론은 자신의 씁쓸하고도 솔직한 독백이다. 건준이 가진 거라곤 마라톤으로 다져진 강인한 체력뿐이었다. 체력이 좋으나 운동이란 것이 지속해야 몸도 실력도 발전하거나 유지되는 것이다. 건준은 고등학교 때부터 목회하려고 마라톤을 접었다. 실업팀 같은 곳의 소속 선수로 마라톤을 할 만한 조건을 갖추지 못한 것이다. 생계를 지탱할 만큼 갖춘 조건은 아무것도 없었다. 무위도식 안빈낙도無爲徒食 安貧樂道는 꿈도 꿀 수 없었다. 결국 진학도 포기했다. 그러나 목회만은 포기할 수 없었다. 목회는 자신이 하나님과 약속한 일이라서 꼭 해야 한다는 의무감이었다.

탱숙도 목회를 포기하라고 권할 생각이 전혀 없었다. 목회 자체도 상상 못 할 만큼 어려운 일이었다. 교단마다 조금씩 차이가 나고 큰 교단일수록 제도권 교육 안에서 완강했다. 신학을 비롯해 많은 공부를 해야 제대로 할 수 있었다. 목회자 본인만 해서도 안 된다. 배후자까지 목회자 못지않게 공부를 많이 해야 제대로 할 수 있다. 그것을 알고 있는 탱숙은 교육대학에 입학하고 음악교육학을 전공과목으로 택했다. 또 부전공으로 피아노 연주도 익혔다. 건준의 목회를 도와 찬송가 반주와 교회 학교 아이들을 이끌기 위한 준비였다.

헬스장에서 몸을 대강 푼 탱숙은 봉사단원들이 모인 장소인 2층 강당으로 내려갔다. 건준이 전동 스쿠터에 앉은 채 사람들 사이에 있다. 봉사 나갈 시간이 남았으니 봉사 대원들이 다 나오려면 더 기다려야 한다. 일찍 나온 봉사 대원들은 삼삼오오 친한 사람끼리 담소하는 모습이다. 제일 먼저 나온 건준만 곁에 아무도 없이 혼자 대기하고 있다.

"모두 나오신 걸 보니 안녕하셨나 봐요? 반갑습니다."

탱숙은 특유의 친절하고도 활달한 인사를 뿌리며 강당에 들어섰다. 봉사단원들이 탱숙의 인사를 받거나 말거나 입으로도 인사를 하거나 말거나 눈은 건준에게 붙여 두고 다가섰다.

"네, 안녕하세요."

눈이 마주치자 건준은 목인사에 활짝 웃음 진 표정을 더해서 탱숙의 인사를 받았다.

"오매, 전순영 원장 선생님, 일주일간 더 젊어지셨네."

예성전자다. 탱숙의 개명한 이름과 함께 은퇴하기 전 사립 유치원 원장이었던 직책을 호칭하는 건 그녀 특유의 입발림이다. 그녀는 봉사단원은 아니다. 남편과 함께 운영하던 가전제품 대리점을 남편에게 맡기고 자신은 시의원 출마를 위해 정당원으로 활동 중이다. 그 같은 이들의 정치관에 관심이 없는 탱숙은 그의 이름도 기억하지 않았다. 상대를 모함질만 하는 한국 정치 현실에 대한 증오 때문이다. 하지만 탱숙은 자신의 그런 마음을 정치인들 앞에 드러내기도 싫었다. 예성전자는 건준에게도 입발림 소리를 해 댄다.

"협회장님! 또 이렇게 직접 납시셨네요. 대단하세요."

장애인 협회장직을 그만둔 지도 3년이 지났는데 건준을 아직도 협회장으로 불러 주고 있다. 건준은 그에게도 활짝 웃어주며 목인사만 한다.

탱숙 오빠는 결혼을 앞두고 탱숙을 순연으로 개명하도록 했다. 오빠는 탱숙이란 이름이 시댁 쪽에 웃음거리 된다는 이유를 댔다. 하지만 건준과 철저히 갈라놓기 위한 오빠의 계략인 것을, 탱숙은 세월이 오래 지나고서야 깨달았다. 개명하고 얼마 지나 정부에서 잘못된 주민등록을 정정할 특별 조치를 시행했다. 반색한 오빠는 주민등록까지 바꿔 놓아 탱숙이 지금까지 순연으로 살아오게 했다. 30년 넘게 순연으로 살아오는 자신을 누가 탱숙으로 알아볼까? 당연히 건준은 탱숙을 알아보지 못하고 있다. 더구나 코로나19 때부터 마스크로 여전히 얼굴을 가리고 있는 데다, 갑상선 수술 후 음성도 제대로 돌아오지 못했으니, 탱숙임을 알아본다면 오히려 정상이 아닐 것이다. 탱숙은 건준이 자신을 몰라보고 있다는 것이 천만다행이라 여긴다. 자신이 탱숙임을 안다면 지금처럼 자연스럽게 대할 수 없을 것이다. 그때를 생각하며 혼자 눈물을 흘리는 상처도 이젠 굳은 살이 되어 버렸다. 건준에게 사고만 없었더라면 아니, 오빠가 자신을 속이지만 않았어도 건준과 자신이 헤어질 일도 없었겠고, 지금까지 상처를 가슴에 지니고 살진 않았을 것이다. 오빠의 장애인에 대한 폄하가 단지 오빠만의 인식이 아니었다. 보편적으로 장애인을 폄하 차별하는 사회에, 거기 예속된 오빠였으니 원망스럽지만 원망할 수 없는 것이다.

가진 것 없이 목회하려는 건준에게 수많은 고민거리가 닥쳤다. 감리교단으로부터 파송을 받을 수 있기까지 신학을 해야 한다. 대학을 졸업하고도 아홉 단계나 되는 목사 자격 과정 고시를 통과할 때까지 경제적 부담이 크다. 신학대학에서 공부하지 않고도 목회하는 길은 있다. 협역 목회자의 길이다. 그 또한 교회 하나 세울 만큼의 돈을 벌어야 가능하다. 우선 면 단위 이상 인구를 갖춘 곳에 교회를 세우고 목회하며 신학을 공부하는 방법이다. 목회하며 신학 대학원까지 공부해야 하고, 공부를 마치고도 목사 자격 과정 심사 통과가 매우 어렵다. 그런 것 필요 없이 그냥 하겠다고 교단을 떠나 홀로 교회를 세우고 목회에 임할 수는 있다. 그 길 또한 신도로부터 목회자로 인정받기 어렵고, 평생 '예배 인도인'이란 칭함을 면하기 어렵다. 그런 교회는 시무 목회자를 고용하기 전엔 포교도 잘 안된다. 협역 목회로 성공하기란 신의 특별한 도움 없이는 불가능하다. 사실상 큰 교단으로부터 목사 자격을 얻어야만 목회를 할 수 있다는 것이다. 건준으로선 자신이 하나님께 한 언약이고 자신과의 약속이기에 목회를 저버릴 수 없었다. 교회 세울 돈을 벌어 협역 목회라도 하겠다는 결론이었다. 다행히 탱숙이 용기를 주며 기다려 주었다. 건준에겐 큰 힘이 되었다. 건준이 무엇을 어떻게 하든 믿어 주고 함께 해 주었다.

군대 가기 전에 돈을 벌자고 생각한 건준은, 불법이나 불의한 일만 아니면 돈 되는 일엔 무조건 나섰다. 마라톤으로 단련된 체력이니 웬만한 직종은 다 감당할 수 있었다. 문제는 어느 직종이든 체력으로만 되는 일은 없었다. 모든 일들이 나름대로 경험과 기술이 필요했다. 건준이 처음 나선 건 도로포장 공사 하도급 업체 소속 막노동이었다. 포장할 도로에 트럭이 자갈을 쏟아 놓으면, 롤러 차가 누르기 좋도록 고르게 펼쳐 놓는 일이었다. 생각했던 것보다 훨씬 더 일이 힘들었다. 막노동 세계는 육두문자가 일상용어였다. 입으로 담을 수 없는 욕이 예사로 날아다녔다.

"야! 이새꺄! 너 뭣허는 새끼냐? 굼벵이만 처먹구 살았냐? 그따위루 굼떠갖구 무슨 일을 해처먹겄다구 대가릴 디밀구 지랄이여! 달팽이두 그보단 낫겄다 새꺄!"

이것은 건준이 처음 듣는 욕이었다. 잘하려고 찬찬하고 꼼꼼하게 돌을 고르다가 현장 감독에게 얻어먹었다. 롤러 차가 아무리 천천히 움직여도 그 준비는 빨리빨리 해내야 했다. 건준이 먹은 욕은 아무것도 아니었다. 깃발을 들고 지나가는 차를 통과시키는 일을 하는 사람들은 더 심한 욕을 먹었다. 요즘은 휴대폰이나 무전기로 신호를 주고받지만, 그때만 해도 깃발의 세 가지 색깔로 차량 통과와 정지, 기다림 등을 반대편과 소통했다. 그 일을 처음 해 보는 사람이 색깔을 착각하고 깃발을 바꿔 사용하는 바람에 반대편 사람이 정차시켜야 할 차를 통과시키게 되었다. 한동안 차들이 밀리고 교통이 막혀서 애를 먹게 했다. 현장 감독의 입에서 양쪽 둘에게 험한 욕설이 쏟아졌다.

"야잇 곰탱이 새끼들아! 그 돌뎅일 대가리라구 달구 댕겨? 차라리 자갈 속이다 처박어! 씹새끼들아! 롤라 차루 밟어서 아스팔트나 맹기지 그딴 대가릴 왜 처달구댕기메 속썩여! 하이고! 내가 저런 것덜을 데리고 일허다니, 똑바로 해, 씹새끼들아!"

그리 험악한 욕을 처음 듣는 건준에겐 충격이었다. 그런 욕을 들으며 일해야 하는 자신이 서글펐다. 하지만 며칠 참고 일하며 종일 듣다 보니 그들의 평상시 용어가 욕이란 걸 알게 되었다. 겨우겨우 적응하며 일 년 따라다니다 업체가 부도를 냈다. 노임만 두 달 치 떼이고 실직자가 되었다.

탱숙의 감정대로 하자면 건준을 자신의 차에 태우고 다니며 도우미를 해 주고 싶다. 그는 차츰 전신이 마비되어 가는 잠수병에 의한 장애다. 처음 잠수 사고 후엔 다리만 조금 절 뿐이었다. 지금은 밥을 떠 넣는 것조차 매우 어렵게 하고 있다. 전동 스쿠터도 손가락을 움직여서 겨우 다닌다. 활동 도우미조차 없다면 가족도 없는 그는 이미 이승 사람이 아닐 것이다. 그 몸으로 참여하는 봉사 활동은 그에겐 유일한 삶의 의미와 즐거움일 것이다.

"자~! 오늘도 지난번에 이어서 무의탁 노인에게 연탄 나누기입니다. 목적지는 성포면 창두리길 42, 조말분 할머니 댁입니다. 주차는 마을회관 앞에 하시면 됩니다."

자원봉사단 회장이 주소를 말해 주는 건 모두 네비게이션에 입력하라는 뜻이다. 회원 대부분이 자기 차로 가기 때문이다. 창두리까진 9킬로미터가 넘는 곳으로 전동 스쿠터로 가기엔 너무 멀다. 더구나 날도 좋지 않으니 건준이 이쯤에서 빠져 줄 것이란 계산에 의한 것일 수도 있다. 탱숙도 건준이 포기하고 가지 않았으면 좋겠다고 생각했다. 십중팔구 몇몇 작자들 뒷담화의 표적이 될 것이기에 싫었다.

건준은 정신적 트라우마로 인해 6개월 보충역으로 병역의무를 마쳤다. 야간에 해안경비를 서는 보충역 복무 기간 동안 돈이 없어서 지옥 같았다. 가난한 고모에게 하숙비를 조달받을 수도 없고, 누구에게 빌붙어 배를 채우기도 한계가 있었다. 아르바이트라도 시작하면 정규적인 일이 아니라서 이내 할 수 없게 되었다. 병역의무를 겨우 마치고도 실직자로 몇 달 지내며 건설 노동판 등을 전전했다. 마땅한 자리가 없어 결국 위험을 감수하고 택한 것이 탄광 채탄부였다.

석탄을 캐는 일은 수백 미터를 땅속으로 들어가서 탄맥을 따라 구멍을 뚫듯, 구덩이를 파듯, 벽을 허물 듯, 파 내는 작업을 날마다 했다. 자칫하면 사고가 터지는 일이다. 갱 천장을 받치던 동바리에 깔리거나 탄 덩이나 물탄 속에 묻히고 가스에 질식하는 등, 언제 어떤 일이 터질지 목숨을 걸어 놓은 작업일 수밖에 없다.

건준이 속한 용마 탄전은 40명씩 하루 3교대로 나누어 8시간씩 작업하고 있었다. 1교대는 막장에 도착하는 오전 8시 30분부터 채탄 작업을 시작하여 다음 2교대가 들어온 갱차로 4시 30분에 갱을 나간다. 2교대는 오후 4시 30분부터 작업을 시작하여 다음 3교대가 들어온 갱차로 24시 30분에 갱을 나간다. 마지막 3교대는 0시 30분부터 작업을 시작하여 다음 날 1교대가 타고 들어온 갱차로 오전 8시 30분에 갱을 나간다. 그중 건준은 2교대였다.

작업복과 장화, 안전모를 착용하고, 랜턴과 도시락과 채탄 장비를 가방에 메고 500여 미터 걸어서 갱구坑口 들어갔다. 승강기로 다시 500미터를 더 땅속으로 들어가서야 건준이 작업할 막장이 나왔다. 채탄부 한 사람당 하루 8톤 이상이 기본 채탄량이다. 막장에선 산소 부족으로 밖에서 공기를 주입해야 호흡할 수 있다. 파 내기 힘든 암반을 만나거나, 더 이상 파고 들어가기 위험한 곳은 폭약(다이너마이트)을 터트린다. 착암기로 구멍을 뚫고 다이너마이트를 집어넣어 전선을 꽂아 이은 다음 멀찍이 돌아가 발파, 확보한 채탄을 체인 컨베이어에 올려서 나르는 작업이다. 채탄해 낸 곳은 이내 낙반을 예방하는 동바리를 설치해야 한다. 2교대가 갱을 나와 뒤집어쓴 석탄 가루를 씻어 내고 나면 새벽 1시가 넘는다. 갱도에서 도시락으로 저녁을 먹었어도 배가 고파 밤참을 먹어야 한다. 늘 새벽 2시를 훌쩍 넘겨야 잠들 수 있었다.

갱을 나오면 늘 몸 전체가 까맣고 눈만 반짝거리는 모습이다. 아무리 깨끗이 씻어도 석탄 가루가 피부에 박혀서 이른바 검은 돼지란 소리까지 듣는다. 힘든 만큼 수입은 괜찮았다. 무경험인 자가 달에 80만 원이 넘는 급여를 받았다. 교사 월급보다 배나 많은 액수였다. 다만 서너 달씩 체불滯拂이 불만이었다. 광주가 고의로 체불을 한다는 말들이 믿어졌다. 석탄 광부 임금은 우선 지급하도록 나라에서 보조금이 나왔지만 업체는 그 보조금이 늦게 내려와서 그렇다며 늘 핑계를 댔다. 정부 보조금이 늦어질 리 없다. 수백 명에 이르는 광부들의 석 달치 임금이면 얼마나 큰 액수일까? 나온 보조금을 은행에 넣어 두고 이자 수입을 광주가 챙기는 셈이다. 당시에 년 이자 14%가 넘었으니, 대출이 아닌 정기 예금이라도 무시할 수 없는 액수였다. 광부가 많은 광업소라면, 석 달 체불한 돈을 줄곧 은행에 넣어 두었을 때 이자만으로 광주가 호화 생활을 영위하고도 남을 것이다. 모든 광업소가 다 그런 건 아니겠지만, 그런 광주는 석탄 잘 나오는 갱구가 하나만 있어도 크게 성공한 행색이었다.

아침 기도로 시작해서 저녁 기도록 끝내는 막장 생활이 이어져갔다. 위험한 직업이지만 돈이 모이는 재미로 착실히 모은 덕에 통장 잔액이 1,000만 원을 넘었다. 잔액이 3,000만 원을 넘으면 탄광을 그만두고 번화가에서 조금 벗어난 곳쯤에 땅을 살 계획이었다. 500평 이상이면 교회 짓기에 좋을 것이다.

건준이 광부로 일한 지 두 해 하고도 열 달쯤 지나던 날 고모가 찾아왔다. 고모는 시부모를 모시고 있어서 건준을 거둘 수 없는 형편이었다. 같은 읍내에 살고 있으면서도 건준을 홀로 놔 둔 것을 매우 미안해하고 안타까워하던 고모다.

"건준아, 어떻게 지냈니? 고모가 네게 정말 미안하구나. 세상 경험도 없는 어린 너를 내놓고 지척에 있어도 돌보지 못했으니… 내가 오빠 볼 면목이 없다. 이제라도 너를 데려갈 결심을 하고 왔다. 노인네가 있어서 지내기 불편하겠지만, 지하 단칸에서 혼자 지내는 것보다야 낫겠지. 같이 가자."

건준은 솔깃했다. 우선 8만 원 월세를 절약하게 되고, 잘 먹을 수 있기 때문이다. 술은 마시지 않지만 혼자 지내자니 군것질을 많이 하게 된다. 탱숙의 동의를 얻어서 그날로 지하 방 보증금을 빼냈다. 고모네는 월세를 놓는 별채가 두 동이나 되는 단독 주택이다. 마당은 터앝까지 갖추고 있을 만큼 널찍하다. 고모는 방 두 개 딸린 별채를 비우고 시동생과 건준에게 사용하도록 했다. 사돈과 함께 지낸다는 것이 다소 불편하겠지만. 다행히 서로 일하는 시차가 달라 대면할 기회가 많지 않았다. 신혼살림을 차리면 딱 좋을 것 같아 탱숙이 생각났다.

한동안 고모 가족이 되어 잘 지냈다. 탄광 일 하면서 밥값 대신 고모에게 가끔 주는 용돈 외엔 돈 들어가는 것이 없었다. 한 달 노임 중 60만 원씩 꼬박꼬박 통장에 쌓여 갔다. 통장에 2,000만 원이 얼추 채워져 가고 있었다. 1,000만 원을 빼서 정기예금으로 돌릴 생각이었다.

"건준아, 너 교회 지려고 돈 번다고 했지? 돈 얼마나 모아 놨니?"

고모부였다. 막장 일을 끝내고 돌아와 밤참을 준비하고 있는데 별채로 건너왔다. 건준이 돌아오기를 기다리고 있었던 것 같았다.

"아직 교회를 세울 돈으론 턱없어요."

고모부의 뜬금없는 질문이 막장일에 시달린 건준을 더 피곤하게 한다. 건준은 내색하지 않고 고모부의 말에 귀를 모았다.

"우선 그 돈으로 땅이라도 미리 사 놓으면 좋지. 요즘 땅값도 하늘이 어디냐고 치솟는데."

"이천만 원도 채 안 되는 돈으로 교회 세울 땅을 어떻게 사요? 최소한 사오백 평은 돼야 교회를 짓고도 그 외 부대시설도 할 수 있죠. 산골짜기에 나 홀로 교회를 세우는 거라면 몰라도, 면 소재지만 해도 땅 한 평이 얼마인데요?"

면 소재지 땅도 지목이 대지면 평당 10만 원이 웃돌았다. 건준의 생각이 당연하다.

"그래서 말인데, 삼백오십 평이 넘는 땅인데 지목이 대지로 평당 팔만 원씩이라도 판대. 거기 요즘 아파트 단지로 도시계획이 되어 있어서 교회 자리로 딱 좋겠던데…."

건준은 믿어지지 않았다. 그렇게 좋다면 투기꾼들이 가만두지 않았을 것이다. 고모부는 집요하게 건준을 설득했다. 350평 웃도는 땅이 2,800만 원이면 거저 얻는 거였다. 더구나 아파트 공사만 시작하면 이내 몇 배로 오를 거라는 계산이었다. 자신이 사고 싶어도 그 옆의 땅 2,000평을 사고 남은 돈이 얼마 없다고 했다. 대신 부족한 돈을 마련해 주겠다니 건준이 거절할 구실이 없었다. 고모부는 건준의 돈 2,000만 원에 자신이 800만 원을 보태 그 땅을 사 주었다. 그러고도 무엇을 하는지 그 땅을 소개한 사람과 땅을 판 사람을 날마다 만났다. 무슨 일인가를 도모하는 사람들처럼 여럿이 몰려다니기도 했다.

건준이 고모부에게 빌린 800만 원을 다 갚는 날이 스물네 살 되는 날이었다. 이제 땅을 완전히 확보했으니 교회 지을 돈을 마련해야 한다. 그러나 건준이 막장일에 회의를 느끼기 시작했다. 마스크를 하지만 돌가루를 마시지 않을 수 없는 광부들이니 그 폐가 온전할 리 없었다. 건준과 한 조로 일하는 광부가 기침하던 중에 피를 토했다. 병원에서 진폐를 진단했다. 큰 병원에 입원하게 된 그를 보며 자주 기침을 해 댄 자신도 온전하지 않을 것 같았다. 마라톤을 한 폐라지만 막장 돌가루에 자신할 수 없다. 일이 한번 싫다고 생각되자 갈수록 더 싫어졌다. 교회 세울 돈을 벌 때까지만이라고 속으로 다지며 이를 물고 일하고 있었다. 그런 건준에게 탱숙은 격주로 주말에 다녀갔다. 탱숙은 자신이 대학을 졸업하고 취직하면 건준의 신학 공부에 필요한 것을 모두 해 줄 계획이라 했다.

야간조와 교대하기 위해 막 출근하고 보니 사무실에 초비상이 걸려 있었다. 건준의 2교대에 작업을 넘겨야 할 1교대가 막장에서 나오지 못하고 있었다. 이유를 알아보니 낮에 갱구 붕괴 사고가 터졌다. 화약 작업 뒤에 일어난 일이라서 붕괴 규모가 크다고 했다. 네 사람이 갇혔는데 생사를 알 수 없다는 것이었다. 사실 정상대로 했더라면 건준이 1교대에 들었을 것이다. 이틀 전 1교대 한 사람이 그만두는 바람에 순서대로 했다면 2교대 가장 앞선 번호인 건준이 1교대에 끼어야 했다. 마침 다른 회사에서 옮겨온 사람이 있어서 빈자리를 채워 건준이 제 자리를 지킬 수 있었다. 함께하는 이들이 건준에게 운이 좋았다고 하지만, 건준은 자신과 운명이 바뀐 사람에게 미안할 뿐 아무 생각도 할 수 없었다. 3일간 작업 끝에 구조된 사람들은 돌 더미에 깔려 중상을 입은 한 사람만 빼고 세 사람은 무사했다. 그나마 다행이지만 건준은 막장에 오만 정이 떨어졌다. 더는 끔찍해서 들어갈 수가 없었다. 광주가 나타나면 작업 환경부터 개선하라며 항의라도 하려고 했지만, 광주는 코빼기도 보이지 않았다.

는개가 말끔히 사라지고 아침보다 훨씬 날씨가 좋아졌다. 건준은 봉사 활동을 포기하지 않았다. 스쿠터에 매달고 다니는 검은색 작은 가방은 지퍼를 열어 둔 채였다. 건준은 팔꿈치가 제대로 펴지지 않고 가늘게 떨리는 팔을, 마치 나무늘보의 움직임처럼 매우 느리게 가방에 돌려 대었다. 휴대폰이 달린 줄을 두 손가락으로 당겨서 간신히 휴대폰을 왼손에 얹었다. 거꾸로 잡은 뚜껑식 휴대폰을 가늘게 떨며 겨우 오른손에 바로 잡고 왼손 엄지와 검지로 뚜껑을 열었다. 입력 번호 2번의 버튼과 통화 버튼을 누르고 천천히 오른쪽 귀에 대었다.

"여보세요?… 수고 많으십니다. 저 배건준입니다. 사랑복지센터에서 성포면 창동리 25길, 조말분 노인 댁입니다. 되도록 빨리 보내 주시면 좋겠습니다… 예?… 아, 예예, 감사합니다."

건준이 장애인 콜 차량을 부르리라고는 탱숙도 생각 못 했다. 그를 마뜩잖게 여기는 봉사 대원도 기대했던 건준의 자연 낙오를 포기하는 눈치였다. 건준은 아주 느린 움직임으로 전동 스쿠터를 조종하여 강당에서 나가 엘리베이터를 누르고 기다렸다. 그사이 강당에 있던 봉사 대원들은 계단으로 동동거리며 내려갔다. 탱숙도 그 봉사 대원들과 함께였다.

동작이 매우 느린 건준이 밖에 나왔을 땐 언제 비가 왔냐는 듯이 날이 말끔히 개었다. 봉사 대원들은 각자가 자기 차로 사랑복지센터 주차장을 빠져나가고 있었다. 순식간에 모두 빠져나가고 건준만 남았다. 장애인 콜 차량은 건준이 전화하고도 30분쯤 지나서 왔다. 건준을 뒤에 둬고 정차한 차의 트렁크가 열려 올라가고 경사로가 건준 앞으로 내려졌다. 기다리던 건준이 전동 스쿠터를 경사로로 몰아서 차 안으로 들어갔다. 멀찍이서 장애인 콜 차량이 나가는 것을 지켜본 탱숙은, 비로소 자신도 운전석에 몸을 올려놓았다.

집에 돌아온 건준에게 막장 사고는 아무것도 아니게 큰일이 터져 있었다. 고모부가 사 준 땅에 문제가 생겼다. 땅 임자가 따로 있고, 등기를 낸 것도, 등기부 등본도, 취득세 영수증도, 고모부가 받아 온 서류는 모두 위조였다. 땅을 소개한 자를 믿고 그자가 해 주는 것을 받은 것이었다. 제산세 고지서가 나오지 않아서 이상했다. 건준이 일부러 시간을 내어 알아본 결과였다. 건준에게 땅을 판 사람은 땅 주인이 아니고 따로 있었다. 건준의 말을 듣고도 믿지 못하고 고모와 고모부가 소개한 자들을 만나러 나갔다. 몇 시간 뒤 고모만 울면서 돌아왔다.

"건준아, 이를 어쩐다니? 우린 망했구나. 네 땅만 사기당한 게 아니란다. 네 고모부가 아파트 소개하고 대금으로 대출 보증 서 준 것이 십 억이 넘는데 아파트 건설사가 유령회사란다."

낙심하여 죽은 얼굴이 된 고모에게 피해자들이 쳐들어와 다 들어 엎으며 난리를 쳐 댔다. 그런 고모를 상대로 변상은커녕 원망조차 할 수 없었다. 사기꾼들은 열흘 전쯤에 이미 사라졌고 고모부는 그 자들 잡겠다고 자취를 찾아 나섰다.

처음엔 실망과 함께 좌절했던 건준은 냉정히 현실을 받아들였다. 시간이 지날수록 정신이 들고 다시 시작하자고 마음을 다잡았다. 그렇다고 탄광을 다시 들어갈 만큼 막장에 대한 트라우마를 극복한 건 아니다. 엎어진 김에 자고 간다고 기왕에 푹 쉬면서 다른 일을 찾아볼 생각이었다. 건준이 소속된 교단이 아닌 다른 교단에서 신학교를 열었다기에 알아보았다. 협역 목회를 하더라도 신학 공부는 필수다. 그 신학교를 통해 공부해 두는 것도 괜찮은 방법이 될 것 같았다. 건준은 당장 그 주 월요일부터 수강하기로 하고 입학했다. 등록금이 30만 원이고, 한 달 수강료로 12만 5,000원씩을 내기로 약정했다. 건준은 열심히 공부했다. 목회하는 데 필요한 기본 지식을 차곡차곡 쌓아가리라고 다짐했다. 갱도 일 말고 단기간 내에 목돈을 마련할 일을 찾았다. 나쁜 일 빼놓고 그런 일이 있을까? 있었다. 탄

광보다 더 위험하다는 잠수기 어업의 산소통 없는 잠수부였다. 헬멧식 잠수기 어업이 정식 명칭이라 하지만, 해루질의 변형이었다. 잠수부로서 산소통 대신 동으로 된 헬멧에 호스로 산소를 주입해 호흡하는 잠수업이었다. 사람들은 그 잠수부를 머구리라 했다. 일본어 모구리가 일제 강점기 때 우리말처럼 안주한 말이 머구리다. 모구리는 개구리처럼 물속을 오래 헤엄친다는 뜻이다. 선주와 머구리가 수입의 반반을 나누는 키조개 채취 작업이었다. 하루 수입이 많게는 수백만 원이며, 한 달 천만 원 벌이가 쉬운 직업이라는 것이었다. 산소통 없이 바닷속을 잠수하기란 수심 30미터가 인간의 한계라고 한다. 그 이상은 아주 고도의 훈련된 사람 아니면 수압을 견디기 어렵다는 거였다. 머구리는 해녀와 같아 산소통을 사용하면 불법이다. 그러나 산소통 없이 맨몸 잠수는 수지타산에서 큰돈을 바랄 수 없었다. 그래서 편법으로 공기를 주입하는 호스를 입에 물고 깊이 잠수하는 방법이 머구리다. 컴프레서로 공기를 주입해 넣어 주는 호스를 입에 물고 키조개를 캔다. 숙달된 머구리는 수심 50미터까지 잠수한다. 그런 머구리는 적어도 한 달 3,000만 원 이상의 수익을 올린다는 거였다. 사실 깊이 잠수하면 하루에 수백만 원을 올리기도 하지만, 그렇게 매일 조업할 수 있는 것이 아니다. 작업 시간이 조수 흐름과 때에 따라 다르고 장소와 수심에 따라 다르다. 더구나 사리 때 조수가 많이 빠져나

갈수록 수심이 낮아서 키조개 군락지를 찾아내는 데 유리하다. 당연히 조업 성과도 크다. 조금 땐 조수가 멈춘 것과 같아서 깊은 곳까지 들어갈 수 없다, 평소 쉽게 닿는 곳이라서 이미 키조개 군락지는 모두 채취되고 없다.

그러므로 조금 땐 키조개 많은 곳을 찾아내기엔 불가능하다. 썰물이 많이 빠질수록 사람 손이 많이 닿지 않은 깊은 데까지 잠수할 수 있다. 깊은 만큼 키조개 군락지가 많다. 키조개가 많이 운집되어 군락하는 곳을 '해바라기씨'라고 말한다. 해바라기씨가 맺힌 것처럼 키조개가 박혀 있기 때문이다. 그 '해바라기씨'를 만나면 이동하지 않고 한자리에서 작업하니 훨씬 많이 채취하고 안전하다. 보름에 한 번씩 오는 사리는 한번 오면 사흘에서 나흘이 물이 많이 빠진다. 그 기간에 조업을 집중해야 한다. 제일 깊은 곳의 작업 시간은 30분, 늘 그 시간 안에 일을 끝내도록 서둘러야 하는 작업이다. 보름에 한 번씩이니 한 달에 두 번 기회를 합하면, 칠팔 일 정도가 조업 실적을 낼 수 있는 날이다. 건준은 마라톤으로 다져진 자신의 체력을 믿었다. 누구보다 폐활량이 좋으니 잠수도 남들보다 못할 리 없다고 자신했다. 경험만 쌓으면 돈 마련이야 1년 안에 복구가 가능할 거로 계산되었다.

건준의 잠수부 일이 그렇게 위험한 줄 탱숙은 몰랐었다. 작업하는 방법이나 작업하는 상황 등을 건준이 전하는 이야기로 상상했을 뿐이었다.

막상 머구리로 나서려니 문제가 닥쳤다. 잠수기 어업은 8톤 미만의 동력 어선 중 정식 허가를 낸 선박만 채취할 수 있었다. 인근 해역에 허가를 낸 선박은 여섯 척밖에 안 되고 수백 척에 이르는 나머지 선박은 모두 무허가로 불법 채취하고 있었다. 당시엔 3일 조업 성공하면 단속에 걸려 벌금을 내도 수지가 충분하다고 했다. 그만큼 키조개 채취가 돈이 된다는 것이었다. 채용된 잠수부도 정식 교육받은 잠수부 자격증을 가진 자는 드물고 대부분이 무자격자였다. 몇 대 안 되는 허가 선박에 몇 명 안 되는 자격증 소지자가 채용되었다. 이들은 권력자들과 그렇고 그런 사이라는 소문이 많았다. 그 나머지는 무허가 선박에 무자격 잠수부들이 대부분이었다. 그들은 대부분 8톤급 이하 작은 배 한 척뿐인 서민 선주와 함께하고 있었다. 초년에 무면허인 건준 역시 무허가 선박을 탈 수밖에 없었다.

"어이! 배씨! 솔찍히 말혀 봐! 츰이지? 머구릴 츰 혀 보는 거잖여!"

건준보다 나이가 세 살 많고 선주에게 먼저 고용된 조필탁이다. 건준이 경험 없는 초짜임을 안다는 듯이 깔아 뱉고 있다. 아니라고 부인할 수 없는 건준은 대꾸가 궁할 수밖에 없다.

"일헐 때 몇 가지 조심헐 게 있는디, 그걸 어기다간 통나무맨치 뻣뻣혀질 수 있단 말여."

"통나무마냥 굵구 뻣뻣허면 존 거 아녀?"

선주가 건준 대신 눈꼬리와 입술에 웃음기를 달고 중얼거리듯이 조필탁의 말을 채었다.

"어이구! 참 내 원, 쎈타레그만 뻣뻣해진다면 누가 뭐라겄슈? 그 센타레그보담 딴디가 먼처 뻣뻣혀지니께 문제쥬!… 하여간 우리 슨장님 밝힘증 환자신가베. 가운뎃 것두 필요헐 때 뻣뻣해야지 암때 암디서나 뻣뻣허면 패가망신해유."

조필탁은 순진한 건지, 눈치가 빵점인지 선주에게 핀잔하듯이 땍땍거린다. 건준이 아무리 막노동판에서 굴러다녔다지만 육두문자나 선정적인 농담과는 거리가 꽤 된다. 아무튼지 못 들은 척 딴전으로 넘겼다.

이해타산이 밝고 야박해 보이는 선주는 보기보다 화통한 사람일 것 같았다. 조상 때부터 어부인데 일찍 대처로 나가 도시 생활에 더 익숙하다고 했다.

"일 시작허기 전이 내가 허는 말 정신 바짝 채려서 듣구 꼭 지켜야 혀. 나를 위혀라구 허는 말이 아녀. 일허는 사람 안전을 위헌 말여, 특히 츰 해 보는 건준이 자네가 잘 들으야 될 수칙이여."

선주는 머구리 일이 위험하다는 까닭을 건준에게 설명해 주었다. 그냥 물속에 들락거리는 일이 아니었다. 물에 들 때와 나올 때 자칫하면 사고가 나기 때문이었다. 수압에 몸을 적응시키며 천천히 들어가야 하고, 나올 때도 천천히 수압을 벗으며 나와야 했다. 서두르면 체내에 질소가 남아 몸이 마비되거나 심하면 사망에 이를 수 있었다.

잠수하기 위해 필수적으로 착용해야 할 장비 무게가 생각했던 것보다 굉장하다. 고무로 된 잠수복만도 생각했던 것보다 훨씬 무겁다. 우주복을 생각나게 하는 구리로 된 둥근 투구는 얼추 10킬로그램은 될 것 같다. 발에 신은 철신의 무게도 헬멧의 절반을 넘을 것 같다. 가슴과 등에 차는 납이 22킬로그램이라고 했다. 손에 든 갈고리의 무게까지 총 40킬로그램이란 말이 사실이었다. 장비는 탈, 착용마저도 혼자서는 못할 정도로 빡빡했다. 모두 착용하니 밀폐되고 협소한 곳에 몸이 끼인 것처럼 답답했다. 그냥 바다에 드는 것만도 힘든데 무게를 어떻게 감당할지 부담되었다. 수많은 잠수부가 하는 일을 무게 때문에 못 한다고 할 순 없었다. 호스가 달린 투구를 쓰고 배 난간에서 뒤로 눕듯이 몸을 던져서 물에 들어갔다. 물속에 드니 부력이 무게를 덜어 주어 물 밖에서보다 한결 나았다. 입에 문 공기 호스와 망 자루를 매단 밧줄은 생명줄이다. 꼬이거나 몸에 감기거나 접히면 위험에 처하고 많이 늘어져도 좋지 않다. 서서히 수압에 적응하며 수심 25미터까지 내려갔다. 처음 작업이니 비교적 얕은 곳에서 시작했다. 함께 들어온 조필탁은 얼마나 더 깊이 들어간 건지 보이지 않았다.

창동리 마을회관에 도착한 시간은 11시였다. 마을로 들어가는 도로는 비교적 넓었다. 연탄을 실은 차와 장애인 콜 차량만 노인 댁 가까이 들어가고, 마을회관 앞은 봉사 대원들의 차로 만차되어 늦게 도착한 탱숙이 주차할 데는 없었다. 그대로 지나쳐서 시멘트 포장된 마을 길을 올라갔다. 갈라지는 부분이 넓은 농로 가장자리에 차를 바짝 붙여 대었다. 트랙터나 경운기 같은 농용 차량이 충분히 지나갈 수 있어서 마음이 놓였다.

건준은 이미 도착해서 장애인 콜 차량을 돌려보내고 대원들과 함께 있다. 대원들이 모여 선 좁은 골목 앞에 연탄 차량도 세워져 있다. 골목으로 50여 미터 들어가서 조말분 노인댁이 있었다. 탱숙도 얼른 대원들 사이에 섞였다. 자원봉사단 총무가 붉은 코팅의 목장갑을 대원들에게 돌렸다. 모두 그 목장갑을 받아 자기 손에 끼었다. 탱숙도 받아 끼었다.

건준은 총무가 내미는 장갑을 받지 않았다.

“봉사허러 오셨걸랑 허셔야지유?”

건준에게 비아냥인 듯 조롱 섞인 농담을 던지는 윤성열이다.

“장갑을 끼어야만 봉사인가요? 보시다시피 저는 손 움직임이 둔해서 연탄을 받아 나르는 건 못해요. 그냥 차 옆에서 연탄이 몇 장 들어가는지 정확하게 세는 거나 할게요.”

건준은 속이 없는 사람처럼 아무렇지도 않은 표정으로 담담하게 대꾸한다. 윤성열이 머쓱한지 들은 숭 만 숭 딴전이다. 연탄 세는 거야 꼭 필요한 일은 아니지만, 끝까지 자신이 할 수 있는 일을 찾아 최선을 다하려는 건준이다. 탱숙은 그런 그가 갸륵하고도 대견해서 속이 뭉클했다. 당장 자기를 밝히며 건준 앞에 나서고 싶지만 그럴 수 없다. 사경에 처했을 땐 나타나지 않다가 이제야 무슨 낯으로 나설 수 있으며, 또 무슨 의미가 있을까? 건준이 받아들이지 못하면 둘 다 상처만 덧입을 것이다. 냉정하자고 탱숙은 자신을 다잡았다.

잠수 한 달째, 조필탁은 3,000만 원이 넘는 작업을 해내서 선주와 1,500만 원씩 나누었다. 그것도 조금밖에 올리지 못한 것이라고 했다. 베테랑들은 자신에게만 떨어지는 순수익을 한 달에 3,000만 원을 넘게 올린다고 했다. 건준은 초보 잠수부라서 한 달 작업 실적 1.500만 원 남짓 올렸으나 선주와 반반 나누니 800만 원도 안 된다. 그래도 탄광 노임보다 많고 작업 시간도 길지 않아서 물때만 지키면 여유시간이 많아 좋다. 한 달 동안 작업에 적응한 건준은 베테랑과 비교할 만큼의 실적을 자신했다. 이미 수심 45미터를 경험했다. 35미터 지점까지 들어가 작업을 했는데 키조개 군락지를 만나서 신나게 작업했다. 정신없이 쓸어 담다 보니 밀물 들어오는 시간을 넘겼다. 밀물이 차올라 이미 수심 45미터가 되는 줄 모르는데, 배에서 줄을 당기는 선주의 신호가 작업 끝내기를 재촉했다.

"기냥 욕심부리다 사고 터치는겨. 사는 줄만 알구 죽는 줄 물러?"

선주에게 야단을 맞았지만 짜릿하고 성취감까지 들었다. 나무람 끝에 선주는 잠수 작업은 사리 때가 더 위험하다며 자상하고 상세히 설명해 주었다. 큰 사리 땐 물이 많이 빠져나가니 사람 손에 닿지 않는 깊이까지 들어갈 수 있다. 당연히 군락지가 많아 작업 실적을 크게 올릴 수 있다. 그때 빠져나가던 썰물이 정점에서 되돌아 밀물이 되어 들어오기 시작하면 작업을 끝내고 물 밖으로 나오기 시작해야 한다. 만약 최대 깊이까지 잠수한 상태라면, 꿈지럭거리다가 수압을 못 견뎌서 큰 사고가 터진다. 반면에 조금 때는 조수 흐름이 많지 않다. 따라서 수심 변화도 크지 않기 때문에 세 시간까지도 마음 놓고 작업할 수 있다. 대신 수심이 깊지 않아서 해바라기씨처럼 밀집된 군락지는 만나기 어렵다.

건준이 잠수에 익숙해지면서 조필탁과 갈등이 생겼다. 작업 한계점의 수심이 같아져서 작업 중 만날 때가 잦다. 랜턴 빛에 의지해 움직이는 캄캄한 물속에서 의사소통도 자유롭지 못하다. 서로가 각자 알아서 작업해야 좋다. 다만 혼자서 한 번에 다 캐지 못하는 대대적인 해바라기씨를 발견했을 때가 문제다. 캐다 남겨 두고 나갈 바에 함께 캐면 좋으련만 사람의 욕심은 쉽게 용납해 주지 않는다. 특히 조필탁은 건준이 군락지를 찾아낼 때마다 어디서 나타나는지 재빨리 끼어들어 캐 간다. 한두 번도 아니고 매번 그러니 밉상이다. 건준의 작업량이 조필탁의 작업량을 능가했던 날 이후부터 그러는 것이다. 자신보다 늦게 시작한 건준에게 지기 싫어서 그러는가 싶었다.

그날은 조필탁이 입수하자마자 찾아낸 군락지였다. 큰사리 때로 물이 가장 많이 빠진 시간에서 최대 수심 50미터 가까운 부분이었다. 밀물로 바뀔 시간 30분 이내 작업을 끝내야 한다. 대충 보아도 그 시간 안에 절반도 채취할 수 없을 정도로 넓은 군락지였다. 건준도 끼어들어서 같이 채취했다. 작은 군락지였으면 끼어들지 않았을 것이다. 조필탁이 찾아낸 곳이니 채취가 쉬운 부분은 그가 하도록 피했다. 건준은 암반 틈 같은 채취하기 불편한 부분을 맡아 열심히 진행해 나갔다. 키조개가 하도 많아 이내 이내 그물망을 채워서 올렸다. 갑자기 조필탁이 쫓아와 건준을 밀어내고 작업하던 자리를 차지하는 것이었다. 물속에서 다툴 수 없고 그럴 시간도 없었다. 그를 피해서 다른 곳을 작업했다. 조필탁이 재차 쫓아와 건준을 방해하며 자리를 빼앗았다. 짜증이 났지만 작업을 끝내고 따질 생각으로 참고 다시 다른 곳을 작업했다. 조필탁은 몇 번이고 그 짓을 반복했다. 조류 흐름이 밀물 시간임을 알리고 있다. 작업을 끝내려고 마지막 망을 올리라고 줄을 당겨 신호했다. 조필탁은 물 밖으로 먼저 올라갔는지 보이지 않았다. 그때였다. 건준의 헬멧이 강하고 빠르게 위로 당겨졌다. 건준의 몸도 속수무책으로 딸려 올라갔다. 온몸에 강한 충격과 함께 정신을 잃었다.

건준은 끝이 보이지 않는 불타는 복도를 달리고 있었다. 지글지글 타는 고통이 온몸을 휘감고 있다. 점점 불길에서 멀어지며 눈이 열렸다. 누군지 모르는 사람들만 보였다. 몇 날 며칠이 지났는지 모르겠다. 깨어나고 한참 지나서야 병원이란 걸 알았다. 어떻게 병원에 오게 되었는지도, 생각나는 바 없다. 몸이 말을 듣지 않고 자신에게 반항하는 중이었다. 도움을 청하고 싶은데 입이 떼어지질 않았다. 답답함이 탄광 갱구에서보다, 슈트를 입고 바닷속에서 일할 때보다 더했다.

건준이 살아 있음을 안 날부터 탱숙은 건준에게 큰 죄책감으로 살고 있다. 오빠가 원망스럽다. 오빠는 계획적이었다. 자신이 건준의 사고 소식을 듣자마자 탱숙을 싱가포르에 보냈다.

"탱숙아 너 여권 있지? 오빠 심부름 좀 해 다오. 오늘 싱가폴 래플스 호텔에 가서 사람을 만나 서류만 좀 받아오너라. 거기 예약하고 비용까지 다 냈다. 너는 그냥 서류만 받아오면 돼. 일이 되는 대로 이내 갖다준다고 했으니 빨리 되면 내일 안에 돌아올 수 있을 거다."

그것은 건준이 사망했다고 탱숙을 속이려는 오빠의 작업이었다. 싱가포르 래플스 호텔에서 일주일이 지나도 서류를 든 사람은 나타나지 않았다. 애초부터 그런 사람은 없던 것이었다. 오빠의 요구로 닷새를 더 있다가 귀국했다. 오빠는 건준이 사고로 사망, 장례 치른 지 열흘 되었다고 탱숙을 속였다. 오빠보다 자신이 더 원망스럽다. 오빠 말만 믿지 말고 그때라도 직접 나서서 확인했어야 했다. 갑작스러운 비보에 충격을 받았다지만, 감당하기 어려운 슬픔과 실의에 빠졌다지만, 장례를 치른 지 열흘이나 지났다지만, 건준을 그냥 포기한 자신이 너무도 미욱하고 무력했다.

오빠는 애초부터 건준을 탱숙의 짝으로 매우 좋지 않게 여겼다. 우선 철저한 기독교 신앙인 점을 무엇보다 싫어했다. 불교 집안인 자기 가족과 너무 맞지 않았기 때문이고, 목회를 하려는 점이나 아직 신학 공부를 못한 점들을 마땅치 않게 여겼었다. 탱숙을 건준으로부터 떼어 놓고 싶었겠지만, 완전히 빠져 있는 둘을 어쩌지 못하고 있었다. 그런 오빠에게 건준의 사고는 탱숙을 떼어 낼 절호의 기회였을 것이다. 건준이 사망했다는 말을 곧이곧대로 믿은 탱숙은 건준을 잊기 위해 공부에 전념, 교육대학원 석사 과정을 끝냈다. 건준에 대한 탱숙의 상처가 아문 듯이 보이자, 오빠는 아끼던 후배와 탱숙을 맺게 했다. 이미 탱숙을 알고 지내던 오빠의 후배는 좋아서 싱글벙글하는데, 탱숙은 남자로 생각해 본 적이 없어서 시큰둥했다.

"처음 본 순간부터 지금까지 순연 씨를 좋아했습니다."

오빠는 그때까지도 그에게 탱숙이란 이름을 알려 주지 않았다가 순연으로 개명해서 소개한 것이었다. 그날부터 탱숙이 아닌 순연으로 살아오게 되었다. 오빠 후배는 순연이란 여인에게 2년이나 공을 들여서 결혼에 성공했다. 저세상 사람이 되었다는 건준을 잊어야 했던 탱숙은, 성실하고 착한 남자에게 차츰 마음에 문을 열 수밖에 없었다. 1남 2녀를 낳아 둘을 결혼시키며, 남편이 폐암으로 사망하기 전까지 탱숙은 성실하고 모범 된 교육자로 살았다. 신의 섭리인지 장난인지? 건준이 살아 있는 줄만 알았다면 그 성실하고 모범 된 생활을 저버렸을 것이다. 모든 걸 다 걸고 모든 걸 다 하도록 건준을 사랑했건만, 건준과 자신의 사이에 무엇이 있기에 이룰 수 없었는지, 탱숙은 또 자책하며 두 손바닥에 얼굴을 묻는다.

입원한 지 15일이 지나고 건준의 감각이 차츰 깨어나서 손은 자유롭게 되고 다리도 많이 회복되었다. 회진하는 의사에게 잠수병 여부와 치료 방법을 물을 수 있었다. 잠수병이며 완치할 방법이 없음을 확인한 건준은 절망 말고는 할 것이 없었다. 걷잡을 수 없고 한없는 무저갱으로 떨어져 갔다. 탱숙이라도 곁에 있다면 위로가 될 수 있었을까? 탱숙은 건준의 사고를 모르고 있을까? 알았다면 못 올 사정이 무엇일까? 건준의 사고를 듣는 즉시 달려왔을 탱숙이다. 무슨 사정이 있거나 모르는 거라고 탱숙을 절대적으로 믿었다.

절망을 달래고 구슬려서 희망으로 둔갑시키며 물리 치료로 한 달을 넘겼다. 선주는 무허가 조업에 과실 치상으로 구속되어 건준에게 나타날 수 없었다. 조필탁은 아예 코빼기도 보이지 않는다. 직감적으로 조필탁이 건준의 사고와 관련이 있겠다는 의심이 들었다. 그렇지 않다면 같이 한배를 탄 사이에 어떻게 단 한 번도 오지 않을까? 건준은 이내 도리질쳐서 그와 같은 잡다한 생각을 털어 버렸다. 몸은 망가져도 정신은 망가지지 말자고, 다짐하고 또 했다.

건준이 움직일 수 없는 동안 병간호한 건 그래도 고모네 가족들이다. 삼촌은 부부가 건준이 깨어난 뒤에 한번 다녀가고는 끝이다. 고모는 사촌들까지 하루씩 번갈아 해 주었다. 건준 스스로 움직일 수 있을 만큼 회복되고선 줄곧 혼자 병실에 있었다. 선주가 보석금을 내고 감옥을 나와 건준을 살피러 왔다가 이내 돌아갔다.

퇴원 예정일을 사흘 앞두고 탱숙 오빠가 왔다. 건준은 덜컥했다. 오빠가 대신 왔으면 탱숙에게 무슨 일이 생겼다는 뜻이기 때문이다. 다짜고짜 질문부터 했다.

"무슨 일 있나요? 탱숙 씨는 안 오고 형님께서…."

"왜? 탱숙이도 자네처럼 무슨 일이 있었으면 좋겠나?"

오빠는 뽀르르 하니 핀잔 조로 화를 냈다.

"아니 무슨 그런 말씀을…."

"사람을 보자 마자 그따위로 묻는 게 잘한 건가?"

그렇게 화를 낼 만큼 잘못한 건지 건준은 어리벙벙했다. 다소 거슬리더라도 환자란 점을 감안해서 너그럽게 이해하고, 오빠답게 형님답게 환자 안위부터 묻는 것이 옳지 않을까?

"이번뿐만 아니고 나는 늘 배건준이란 사람이 내 매제로는 용량 미달이었네. 거기에 잠수병까지 얻었으니 어쩌겠나? 이젠 우리 탱숙이를 잊어 주시게. 지금은 조금 불편할 정도로 보이지만 갈수록 점점 마비되는 잠수병 아닌가? 나는 하나밖에 없는 내 동생을 평생 병자 수발하며 살도록 할 순 없네. 불행은 자네 한 사람만 떠안게. 탱숙이 만이라도 행복하게 살도록 놓아주게. 제발 부탁이네. 대신 나를 욕하고 탱숙은 놓아 주시게. 이렇게 빌겠네. 용서하시게."

오빠는 건준의 두 손을 잡고 흔들다가 무릎을 꿇고 사정했다. 건준은 머리에서 화산이라도 폭발할 듯이 화나면서도, 오빠의 마음은 이해할 수 있었다. 화가 치미는데 그와 상충하는 냉정한 자신의 마음에다 자존심이 더해져 완강하게 버텼다. 어찌 조절해야 할지 갈피를 잡을 수 없었다. 오빠를 만났고 그 말을 이해했음에도, 탱숙을 마지막으로라도 만나 그 마음을 확인하고 싶었다. 절대로 그냥 끝낼 탱숙이 아니란 생각 때문이었다. 하릴없이 탱숙을 기다렸다.

건준은 몸이 흔들릴 만큼 다리를 저는 것 말고는 모두 정상으로 회복되었다. 회복은 거기까지였다. 더 이상 나아지질 않았다. 오히려 아주 천천히 마비 부분이 늘어갔다. 좋아지진 않더라도 더는 나빠지지 않도록 관리하기에 몰입해야 했다. 다른 건 생각할 여유가 없었다. 탱숙을 기다리던 마음도 벗어던졌다. 그 오빠의 말처럼 탱숙만이라도 행복해야 한다고 생각되었다. 그냥 자신이 장애인이 된 현실을 받아들여야 했다.

건준은 자신의 건강했던 몸을 되찾기 위해 최선을 다했다. 그 노력도 아무 효과 없이 차츰 나빠져만 갔다. 몸이 나빠지는 것만 문제가 아니었다. 자기를 알던 사람들의 자신에게 대하는 태도가 건강할 때와 전혀 달랐다. 마라톤을 할 땐 서로 자신과 친해 보려는 사람들이 경쟁하듯이 많았다. 지금은 말을 붙이기조차 꺼리는 태도였다. 같은 내용이라도 장애 없는 사람이 말할 때와 장애인인 건준이 말할 때의 반응이 전혀 달랐다.

보상 나온 것에다 그동안 모아 놓은 돈을 보태어 임대 아파트로 전세 계약하러 갔다. 계약서를 쓰고 전세 등기 동의서를 요구했다. 동의서를 주민 센터에 제출해야 전세 등기가 설정된다. 임대 아파트 부도로 세입자들 전세금이나 임대 보증금을 떼이는 일이 잦아서, 세입자 보호 조치로 마련된 임대 계약법이다. 아파트 임대 사무실 업무자 태도가 건준의 기분을 상하게 했다.

"그런 게 어디 있다구? 계약서 썼으면 됐지 뭐가 더 필요하다는겨?"

"요즘 세입자 보호 조치로 새로 입법되었어요."

“제기럴, 아파트 임대업하는 사람을 죄다 사기꾼으루 아나? 계약허기 싫으면 관두라지. 그러잖아도 입주자들 반대 때문에 안 받으려다 받아 주는 건데.”

입주자들 반대라니? 왜? 은근히 불화가 치민다. 더해지면 목소리가 올라갈 참이었다. 그때 여인 둘이 들어오고 이어 한 남자가 들어왔다. 업무자는 표정을 바꿔 친절하게 그들을 맞았다.

“저희 아파트에 장애인… 이… 입주… 해요?”

업무자가 눈을 꿈적하자 말하던 여인이 말꼬리를 흐리며 건준을 훑어보았다.

“저희 임대 보증금 설정하려고 동의서 받으러 왔어요.”

뒤에 온 남자가 당당하게 요구했다. 업무자는 못마땅해진 얼굴로 건준의 눈치를 한번 힐끔 살폈다.

“아, 예, 해 드려야죠.”

업무자가 동의서를 작성하는 동안 여인들은 수군거리며 나가 버렸다. 건준은 노기가 차올라 주먹과 눈에 힘이 들어갔다. 동의서를 작성해서 남자를 내보낸 업무자는 불만스러운 얼굴로 건준을 쳐다보았다.

건준도 말없이 그를 노려보았다. 업무자는 더 이상 말 못 하고 동의서를 작성해 주었다. 건준이 입주할 아파트는 1층으로, 가장 후미진 동에서도 가장 뒤쪽 모퉁이였다. 계약할 때 그것밖에 남지 않았다더니, 앞쪽에 미분양이 많이 남았다는 것을 입주한 뒤에야 알았다.

그와 같은 일이 가는 데마다 부딪쳤다. 그러면서 건준 스스로 마음을 고치게 되었다. 일이 있을 때마다 고깝게 여기는 건 자신의 자곡지심이란 생각이 들었다. 발끈발끈 반응하는 것 자체가 자신을 한없이 초라하게 만들었기 때문이었다. 세상 누가 자신에게 어떻게 대하든지 깊은 바다처럼 이내 잔잔한 마음을 지니자고 굳게 다짐했다. 그것만이 자존심을 지키는 길이란 생각이었다.

머구리를 못 하게 된 뒤에도 열심히 해 오던 신학 공부도 중단했다. 절대적 하나님에 대한 건준의 심경 변화였다. 그리도 흠이 많아서 당신의 종이 되는 걸 용납하실 수 없었던가? 부모를 빼앗고, 배움을 빼앗고, 건강까지 빼앗아 온갖 고생을 짐으로 지게 하신 하나님이라면, 자신의 마지막 꿈인 목회자의 길마저 훼방하신 하나님이시라면, 당신의 종이 되려는 자신의 진심이 그리도 싫으셨다면, 그렇다면 자신도 하나님을 의식하지 않을 것이다. 그렇다. 자신은 도로 공사 노동자에서 막장 광부로 밀려나다가, 다시 광부에서 머구리로 남겨지다가, 그 머구리 중에도 남겨진 무거리 인생임을 인정하겠다. 인정하고 자신처럼 하늘로부터, 모든 이로부터 소외된 무거리 인생들을 모아 그들을 위한 삶을 살리라 다짐했다. 실천 없는 다짐은 정신병

증세일 뿐이라고 되새기면서 하나씩 실천해 나갔다.

관심은 조금도 없던 일을 자신이 같은 처지가 되고서야 살피려니 매우 부끄러웠다. 자신이 당사자가 되고 보니, 장애인에 대한 인식과 대우가 말할 필요도 없이 형편없는 사회였다. 아주 형편없게도 장애인이라고 무시하고 회피 대상으로 여기던 사회였다. 다른 분야엔 필요 이상으로 투자하고 발전시키면서도 장애인을 위한 시설엔 너무나 인색한 사회였다. 장애인의 장애만큼이나 사회적 소외가 큰 서러움이었다. 요즘은 많이 나아졌으나, 아직도 장애인을 위한 사회적 인식과 예우가 충분하지 못하다. 건준은 그 장애인의 복지를 위해 일생을 살아가야겠다고 결심했다. 장애인을 위한 삶이 목회자의 삶보다 더 뜻깊다는 것을 깨닫고 확신한다.

건준은 그렇게 장애인 복지를 위한 장애인 협회를 창립했다. 또 충청도와 거천시로부터 운영 보조금을 받는 법인단체로 등록시키고, 사무실을 마련하여 운영하게 되기까지 성공했다. 장애인 협회의 성공에 반비례하며 자신의 몸은 차츰 무너져 가고 있다. 지금은 밥도 입에 제대로 떠 넣기 어려운 중증 중에도 중증 장애인이 되었다.

봉사 대원들은 각각 자기 능력대로 두세 장씩, 많게는 다섯 장까지, 연탄을 받아서 나르고 있다. 탱숙도 두 장씩 날랐다. 연탄 한 장이 3.4킬로그램이니 탱숙에게 맞는 무게가 두 장이었다. 받으러 가는 이들과 받아 나르는 이들이, 서로의 왼쪽으로 나란히 오가며 즐거운 모습이다.

"줄루 서갖구 릴레이 방식으루 나르면 더 빠르구 편헐 텐데유."

언제 쫓아왔는지 예성전자가 불쑥 나서며 자신의 기지가 우월하다는 표를 내고 있다.

"우리가 다 해 본 결과입니다. 좀 더 편하긴 해요. 손에서 손으로 여러 번 주고받다가 상하는 연탄이 많아서요. 떨어트려 깨치기도 하고요. 아주 좁은 골목이 아니면, 옷에 연탄이 묻더라도 이렇게 자기 능력껏 들어 나르는 것이 좋아요."

연탄 다섯 장을 포개 든 회장은 매우 친절하고도 부드러운 말로 설명했다. 연탄 500장이 순식간에 조말분 노인의 연탄 아궁이 앞에 주상절리형으로 쌓였다. 노인이 연탄집게로 집어 내리기 불편하지 않을 높이였다. 일이 끝나자 대원들은 목장갑을 벗으며 이마의 땀을 닦았다. 요령 피운 몇몇 대원이 누구누구인지 확실히 보였다.

"연탄 나누기는 한 집 더 있는데 점심을 먹고 하겠습니다. 각자 준비해 오신 도시락과 깔개를 들고 마을 입구의 성포초등학교 교정으로 모이시기 바랍니다."

회장은 말을 전하며 대원들을 이끌고 동구로 나섰다. 탱숙은 도시락을 싸 오지 못했을 건준이 걱정되었다. 자신의 도시락을 내줄 수 있지만 십중팔구 건준이 거절할 것이다.

"도시락 준비 못 하신 분들을 위해 몇 개 주문했습니다. 운동장에 이미 도착했답니다."

자원봉사대 사무국장이 탱숙의 걱정을 내려놓게 했다. 대원들은 각자가 차에 실었던 도시락과 깔개를 들고 모두 사라지도록 건준 혼자 마을회관 앞에서 멈추었다. 탱숙이 몰라라 할 수 없었다.

"점심 안 드세요? 왜 안 가세요?"

건준이 천천히 고개를 돌려서 탱숙을 웃는 듯이 올려다본다.

"저는 용변 문제도 있고 해서 늘 하루 한 끼만 먹습니다. 특히 오늘처럼 도우미 없는 주말엔 더 그렇습니다. 그래서 오늘은 이것으로 끝내야겠습니다. 3시 차로 사촌들이 온다고 해서요. 이미 장애인 차량을 불러 놓았습니다. 원장님은 안 드세요?"

"오늘은 왠지 저도 생각이 없네요."

탱숙은 차를 기다리고 있는 건준만 혼자 두고 점심을 먹으러 갈 수 없었다. 40년 만에 둘만이라서 어색하고 무료함을 벗어나려고 물었다. 들은 정보로 짐작하지만 확인도 하고 싶었다.

"결혼은 안 하시고 혼자신가요?"

"예, 아직 총각입니다."

건준은 웃음 띤 표정으로 탱숙을 다시 올려다보며 시원스레 대답했다.

"마라톤 선수로 인기 많으셨다던데 결혼하실 생각을 안 하셨나 봐요?"

건준은 웃음만 짓고 아무 대답 없다. 탱숙은 묻고 따지고 고백할 것까지 너무 많은데도, 아무것도 못 하는 이 순간이 괴로웠다. 그래 봤자 이젠 부질없는 일일 뿐 무슨 의미가 있을까만, 탱숙은 아쉽고도 서글픈 인연에 대해 미련이 아닌 애잔함이었다.

"결혼까지 언약한 한 여인이 있었지요. 제가 장애를 얻는 바람에 관계를 끊었지요."

"아, 그러셨군요. 괜히 여쭌 것 같아요. 죄송해요."

"아뇨! 기왕 물으셨으니 들으셔요. 저는 그 여인에게 잘 생각한 일이라고 말해 주고 싶어요. 이 꼴로 망가진 저와 무슨 행복을 꾸리겠어요? 또 꾸린다 한들 두 사람 몫을 혼자 감당하며 평생 고생할 터인데, 그 여인이 찾아왔어도 저는 거부했습니다. 그렇기에 그 여인이 저를 버리지 않았어도 제가 그 여인을 받아들일 수 없었습니다."

탱숙은 마치 건준이 자기에게 들으라고 하는 말 같아서 마음이 아팠지만, 내색할 수는 없었다. 간신히 냉정함을 찾고 입을 열었다.

"죄송하지만 기왕 여쭈고 말씀을 들은 김에 한 가지 더 여쭐게요. 그 여성이 버린 것이 아니고 다른 사정이 있을 수 있다는 생각은 안 해 보셨나요?"

"왜 안 했겠어요? 그래서 처음엔 그 오빠가 야속했지만, 오빠가 그랬어도 단 한 번도 찾아오지 않고 연락도 없는 여인이니 나를 버린 것입니다. 여인이 버렸든 오빠 때문이든 잘된 일입니다. 곰곰 생각해 보니 오빠 생각이 맞더군요. 오빠가 그렇게 나서지 않았다면 내가 나서서 그 여성을 보내야 했으니까요. 여인은 불행한 나 말고 복이 많은 남자 만나서 행복해야 할 사람이니까요."

탱숙은 순간 가슴에 예리한 것이 꽂히며 숨이 멎으려는 자신을 발악적으로 기를 쏟아 진정시켰다. 잠시 침묵하다가 조용하고도 침착한 어조로 입을 열었다.

"그 여인의 오빠가 어쨌기에요?… 아, 죄송합니다. 자꾸 여쭤서."

건준은 잠시 묵묵하더니 미간이 조금 일그러지며 무겁게 입을 열었다.

"제가 그 입장이라 해도 그리했을 겁니다. 현대 의학으로는 고칠 수 없는 잠수병에 관해 오빠께선 모두 다 잘 아시고 있었습니다. 어떤 오빠가 누이동생을 평생 잠수병 장애인의 수발만 들며 살도록 놓아 두겠어요? 그 오빠는 당연하고도 지혜롭고도 결단력 있었죠. 내게 제발 부탁한다며 동생을 잊어 달라고 하더군요. 미안하다는 말과 함께요, 하지만 그 오빠 때문이 아닌

나 스스로 생각한 결론이, 그 여인을 내 인생에 없는 사람으로 여겨 철저히 연을 끊는 것이었습니다. 그 여인이 아닌 그 어떤 누구를 만나도 불행만 남겨 주고 떠나게 될 것입니다. 저는 시한부 인생이니까요. 남은 인생을 일반적 삶이 아닌 나만의 의미를 찾는 삶을 살자고 이렇게 이날까지 온 것입니다."

탱숙은 건준 생각에 동의할 수 없었다. 행불행이란 그렇게 계산적으로 나눌 수 있는 것이 아니기 때문이다. 거적문에서도 웃음소리가 들리고 꽃가마 속에도 눈물이 있다는 옛말처럼, 행복이란 호화롭고 편안한 생활과 비례하지 않는다고 건준에게 소리치며 따지고 싶었다. 건준을 태우고 가는 장애인 콜 차량을 바라보며 탱숙은 드디어 참았던 눈물을 흘릴 수 있었다. 차 안으로 들어가 눈이 붓도록 통곡했다. 건준에게 당장이라도 달려가서 용서를 구하고 싶다. 40년간 배신한 거 보상하며 살고 싶다. 뻔뻔한 여자를 건준이 받아 줄 리 없겠지만, 용기도 나지 않는다. 이렇게라도 만나는 것조차 못 하게 될까 두렵기 때문이다.

자원봉사대 모임에서 나온 건준은 중간에서 장애인 콜 차량을 돌려보냈다. 내린 곳이 자신이 거주하는 아파트 단지로 들어가는 좁은 샛길이다. 주민들이 산책로로도 사용하는 한적한 길이다. 전동 스쿠터를 천천히 몰며 가슴을 우겨 쥐었다. 자신에 관한 일들만은 냉정한 마음으로 대하자고 다짐했지만 가슴이 아리고 오열이 울컥한다. 그가 탱숙임을 알기 때문이다. 오랜 세월이 지났어도 목소리가 변했어도 얼굴을 가렸어도 탱숙을 모를 수 없다. 자신을 드러내지 않는 탱숙이 고맙기도 하고 서운한 것도 같은, 복잡한 마음이 가슴을 자극해 온 것이다. 그냥 그렇게 그리움조차 사치로 여기며, 서로의 기억을 지우고 각자 살아가자고 탱숙을 향해 소리치고 싶었다.

젊은 남녀 한 쌍이 산책로 그늘에서 부둥켜안고 있다가 건준이 다가가니 당황하는 눈치다. 산책로 폭이 좁아서 전동 스쿠터로 뭉쳐 있는 둘을 피해 갈 공간이 부족했다. 남녀는 조금도 비켜 줄 생각을 안 한다. 건준은 두 사람 가까이 스쿠터를 최대한 붙였다.

"뭐야? 에이."

남녀는 작은 소리로 짜증 내며 부둥켜안은 채 전동 스쿠터가 간신히 지나도록 비켜 주었다. 건준은 못 들은 척 그들을 등지고 스쿠터를 몰아 아파트 속으로 조용히 스며들었다.

안학수소설 6

가오가 더 필요하면

주령은 오늘도 가람으로부터 불쾌감을 느낀다. 아침부터 가람이 주령 일까지 간섭하기 때문이다. 주령이 맡은 회계 업무와 온풍기와 컴퓨터 등 사무실 관리를 맡은 가람 업무가 전혀 겹치지 않는데도 마치 자신과 관련된 것처럼 간섭이다. 오늘 참견한 장애인 일자리 근무일지를 쓰는 일도 그렇다. 한글도 모르는 참여형 노인 일자리 서류를 결점 없이 작성해 주는 것이 주령의 업무다. 가람이 맡은 업무는 시청이나 은행 같은 곳에 심부름 등 사무실 밖의 일을 돕는 것이다. 아침마다 하는 사무실 청소도 그렇다. 주령은 컴퓨터를 이어 놓은 사무처 컴퓨터 테이블과 환담실 소파와 탁자 청소를, 가람은 바닥 청소와 쓰레기를 분리 수거하여 밖에 내놓는 일이다.

"컴테 밑도 깨끗게 해야지, 왜 보데만 해?"

나이도 두 살 차이밖에 나지 않는데 꼬박꼬박 반말이다. 생각 같아선 '무슨 상관인데 갑질이야? 어제 퇴근하기 전에 다 치우고 갔어. 누가 시찰이라도 나온대? 그리고 컴테, 보데 따위가 뭐야? 혀 짧아? 왜 자꾸 줄임 말로 하는 거야?'하고 대꾸하고 싶지만 들은 둥 만 둥 꾹꾹 눌러 참았다. 협회장 때문에 참은 거다. 바로 어저께 회장으로부터 둘이 서로 잘 대하라는 언질을 받은 기억 때문이었다. 중증 장애인 자립 생활협회, 줄여서 중장협, 그 회장 김진형, 주령과 가람이 일하는 곳이 바로 중장협의 본부 겸 사무실이다.

주령과 가람의 일이 아니라 해도 협회장은 요즘 심기가 매우 편치 않다. 새로 임명된 이사 열 명 중 여덟 명이나 노골적으로 회장 퇴진을 요구하고 있기 때문이다. 그들은 협회장이 장기 집권을 유지하기 위해 총회를 열지 않는 것으로 간주하고 있다. 창립 후 15년간이나 회장을 연임해 온 탓에 독재한다는 불만이 매우 크다. 그 불만은 하루이틀 있었던 일이 아니라서 식상하게만 느껴질 뿐이다. 협회장이란 자리가 그냥 앉아만 있으면 되는 줄 아는지, 누군가가 협회장 자리가 탐나는 모양이다. 컴퓨터를 기본 이상 해야 하고, 해마다 도와 시에 기안을 올리고 지원금을 확보해야 하고, 장애인 체육대회를 비롯한 장애인 문화생활 행사를 수차례 해야 하고, 장애인 일자리와 보장구 등 장애인 복지를 위해 빠트리지 않고 나서 주어야 한다. 요즘엔 컴퓨터 일도 인터넷 뱅킹처럼 새로 생긴 업무가 많다. 모두 담당해야 할 정도의 능력을 갖춘 사람이어야 한다. 협회장은 당장이라도 마땅한 사람이 나타난다면 협회장직을 내줄 수 있다고 한다. 주령이 생각하기에도 협회 회원 가운데 회장처럼 무급 봉사로 일을 해 낼 사람이 없다. 능력도, 애정도 협회장 같은 사람이 없다.

회장은 20대 때 잠수하여 키조개를 채취하다 사고를 당해 장애인이 되었다. 몸이 점점 굳어지는 잠수병이다. 처음엔 보행만 조금 불편할 뿐 일반 활동하기에 큰 불편이 없었다. 뜻 있는 장애인들을 모집하고 장애인 복지와 인권 운동에 앞장서며 활동하다가 함께하는 장애인들을 바탕으로 지금의 협회를 창립했다. 장애인 인권 보장을 위해 적극적 활동은 기본이고, 해마다 도와 시로부터 사업비를 받아 내어 장애인 문화체험 등 여러 행사도 추진했고, 장애인 일자리 창출과, 보장구 구입, 이동수단 마련 등에 적극 나서서 계도해 온 협회장이다. 결혼도 않고 예순이 넘도록 청춘을 바쳐 온 그는 간신히 숟가락질하고 전동 스쿠터를 조종할 수 있을 정도로 굳어진 몸만 남아 있다. 컴퓨터 작업과 전화 받는 일도 매우 더디다.

환담실 테이블을 닦고 있을 때 자동 출입문이 열리며 건물 청소해 주는 최 노파가 들어 온다. 그는 늘 새벽부터 나와서 청소를 끝낸 뒤 환담실에서 부회장과 노닥거리다 간다. 전오성 협회 이사와 함께 협회를 후원해 주는 교회 권사다. 3층의 20평 공간을 협회가 임대한 7층짜리 상가 건물도 그 교회가 소유하고 있다. 호리호리하고 아담한 체구인 최 노파는 잘 웃는 성격이라서 협회 이사들과도 서로 친밀한 사이이다.

"어서 오세요. 권사님."

가람에게서 불쾌했던 기분을 전환하려고 더 친절하게 최 노파를 반겼다. 곧 이어 부회장 김 여인이 전동 스쿠터에 알통 팔뚝의 다부진 몸을 싣고 들어왔다. 여전히 빨간 입술부터 화장이 짙다.

"안녕하세요. 부회장님."

주령은 그에게도 친절미를 한껏 올렸다. 가끔 잔소리는 하지만 자신을 가장 잘 이해해 주는 이다.

"오늘은 이사덜보담 우덜이 먼처 왔네."

부회장은 주령의 인사는 받는 둥 마는 둥 권사에게 눈을 주며 수다의 시동을 걸었다. 말하기 전에 자신이 답을 한다.

"허긴, 어제 그 난리를 처댔으니께 후기다 인상파루 한 잔씩 덜 쪄졌겄지."

"맞어맞어. 원체는 그래 놓구 그냥은 잠두 편치 못헐 테니께."

최 노파는 해맑게 웃음 짓다가 맞장구를 쳤다. 최 노파와 부회장은 동갑내기 단짝이다. 부회장 역시 최 노파와 같은 교회 집사다. 그러나 집사라는 호칭보다 협회 부회장 호칭을 더 좋아한다. 둘은 사무실의 분위기 메이커다. 아침마다 환담실에 나와서 오전 한바탕 수다로 웃음소리를 주도한다. 테이블과 소파를 다 닦은 주령은 얼른 자신의 자리가 있는 사무처로 돌아와 앉았다. 환담실과 사무처는 한 공간이지만 소리만 들릴 뿐 어느 쪽에서도 서로 보이지 않게 된 구조다.

전오성 이사가 보조기 찬 다리를 절룩이며 들어오는 소리가 들린다. 다른 날 같으면 주령이 일어나 환담실로 가서 반가운 듯이 인사라도 했을 것이다. 그러나 어제 일로 더는 말을 섞고 싶지 않은 이사진이다. 바로 어제 그랬던 전오성과 양구남이 뻔뻔스럽게 오늘도 아침부터 환담실을 장악하기 시작했다. 둘은 언제 그랬냐는 듯이 떠들어 대며 죽칠 것이다. 그들에게 인사를 해야 옳지만 마음에 없는 가식적 인사를 하는 것이 더 싫었다.

"어서 오세요! 이사님!"

가람이 주령 대신 했다. 어제 그 시간에 밖에 나가고 없어서 가람은 그 일에 대해 잘 모른다.

"이사님께 인사 안 하냐?"

또 반말로 간섭이다. 기분 나쁘다는 표시로 대꾸조차 삼켜 버렸다.

"오늘도 다 모이셨네."

양구남 이사가 들어오며 일갈로 시작하고 있다. 눈만 안 보이지 이른바 덩치가 큰 만큼 목소리도 걸걸하니 크다. 1급 시각장애인 자신의 단점을 가볍게 보이려고 농담처럼 하는 말이다. 어제 주령에게 횡포를 부렸던 장본인도 양구남이다.

"안적 안 온 사람두 있는디?"

정색으로 말하는 건 눈치도 없고 심술기가 다분한 전오성이다. 68세인 나이답지 않게 반백의 머리가 본 나이보다 꽤 젊어 보이는 그다. 젊어서 꽃미남이었을 듯이 얼굴도 꽤 미남형으로 곱게 늙고 있다. 양구남은 자신이 한 말이 틀렸어도 절대로 민망해할 사람이 아니다.

"누가 지각했는지 벌금 좀 때립시다."

"이잉~ 자알허먼 맛있는 거 읃어 먹겄네~."

양구남의 객쩍은 소리에 신소리로 장단쳐 주는 건 부회장이다.

양구남이 주령에게 한 짓은 하루 지난 지금 생각해도 참을 수 없이 모욕적인 갑질이었다. 어제도 아침부터 모여든 최 노파와 부회장 그리고 이사들이었다. 주령이 환담실에 놓인 정수기에서 자신의 보온컵에 뜨거운 물을 받고 있었다. 앞을 못 보는 양구남은 소리에 예민해서 정수기에서 물 받는 사람이 주령임을 알았다.

“주렴야앙 커피 좀 달코롬하고 따스허게 한잔만 타 주렴~.”

장난스럽게 주령을 주렴으로 변조해 부르는 소리가 몹시 느끼하고 불쾌했다. 비위 상해 못들은 척하고 싶었다. 뒷일이 부담되어 종이컵에 믹스 커피를 타서 코앞의 탁자에 놓아 주었다.

“여기 타 놓았어요.”

그와 아무 말도 하기 싫었지만 안 보이니 알려 주어야 했다. 그보다 더 컵을 집어 들기 어려운 것도 손으로 살며시 더듬어서 잘 잡는 그다.

“손에 좀 쥐어 주렴~ 못 보잖니~.”

한 번 더 참고 놓았던 종이컵을 들어서 그의 손에 잘 잡도록 대주었다. 컵만 잡을 수 있도록 대주었는데, 컵을 손에 잘 잡고도 동시에 그의 한 손이 주령의 손등을 덮어 문질렀다. 뿌리치듯이 재빨리 손을 빼내며 조용히 짜증을 냈다.

“아이, 왜 이러세요.”

뜨거운 커피가 출렁여 탁자에 조금 쏟아졌다.

“뭐? 내 뭐 어쨌게?”

양구남은 주령과 달리 당당하게도 협회 밖에서도 들릴 만큼 큰 소리다. 모든 이목을 집중시켜 주령을 창피하게 만드는 것 같아 더 짜증났다. 그래도 주령은 얼른 휴지를 떼어 쏟아진 커피를 닦으며 조용히 대꾸했다.

"지금 제 손등을 쓰다듬으셨잖아요."

"아니, 이것이 나를 추행범으로 몰고 있네. 안 보여서 커피 좀 타 달랬더니 그렇게 음해를 해? 차라리 싫다 하고 타 주지를 말던가!"

말끝은 건물이 울릴 것 같은 고함이었다.

"제가 이사님 오른손에 컵을 대 드리자 잘 받으시며 왼손으로 제 손등을 잡아 훑으셨잖아요. 안 그러셨다면 제가 왜 손을 뿌리쳐서 커피를 쏟았겠어요?"

주령은 불쾌감과 흥분을 억누르며 조용히 항의했다.

"야! 넌 내가 깔뵈냐? 소경이라고 깔뵈어? 엉? 이래 뵈도 내가 협회 이산디! 커피 한 잔 타 준 게 그리두 억울허냐? 오따 대구 생사람 잡어?"

어이없고 분해서 두 팔이 부르르 떨렸다. 그때 협회장이 전동 스쿠터를 타고 활동 도우미 현은보와 함께 들어오며 물었다.

"무슨 일입니까?"

양구남도 주령도 잠시 말을 끊고 어정쩡한 상태가 되었다. 들어오다 들은 회장은 상황을 파악해 보는 표정이다. 주령은 협회장과 요양 보호사 앞에서 더 문제를 키우고 싶지 않았다. 특히 협회장이 거느린 활동 도우미 현은보의 서글서글한 눈빛을 탁하게 하고 싶지 않았다. 오늘도 이미 그의 선명한 하늘색 남방과 카키색 조끼의 올무에 마음이 걸려 있다. 똑똑하고 눈치 단수가 높은 협회장은 파리하게 굳은 주령의 표정만 보고도 정확히 상황 파악을 한 것 같다.

"윤주령 씨는 자리로 들어가요."

거역하지 못하는 척 얼른 협회장이 시키는 대로 사무처로 들 때였다.

"저런! 싸가지! 이사님헌티 사과두 않구 그냥 가구 자빠졌네. 야!"

뒤통수에 대고 주령을 욕한 건 양구남이 아니라 전오성이었다.

"왜 무슨 일인데 두 분이 윤주령 씨에게 그러십니까?"

협회장의 차분한 질문에 양구남이 자신이 억울한 피해자인 듯 목소리를 높였다.

"아니, 저것이 커피 좀 타라 했다고 사람을 추행범으로 몰고 있잖아요."

"저것이라뇨? 아무리 젊어도 인격이 있는 성인이고 협회의 일을 하는 직원입니다. 그리고 커피는 스스로도 잘 타 드실 수 있으면서 왜 타 달라 하십니까? 직원을 커피 타 주며 잔심부름이나 하는 사람으로 여기시면 안 됩니다."

양구남의 말을 중간에 자르듯이 반박하는 회장 목소리는 차분하고 조용하면서도 단호했다.

"뭐요? 내 앞에서 저거 편드시는 겁니까? 이사가 그리도 우습냐고요!"

소리치는 양구남과 동시에, 전오성이 벌떡 일어서며 읽던 신문을 탁자에 탁 소리가 나게 놓고 눈을 부라리며 회장에게 따졌다.

"여직원 두구 뭣헐라구 커피두 뭇 타게 허는규? 애완동물처름 기냥 옆이다 끼구 살뀨? 버르장머릴 쌈닭 대가리루 키워서 뭣이다 쓸뀨? 회장님이 이러시면 재미 읎쥬."

"여직원이라고 남직원과 차별하면 장애인이라고 차별하는 거와 뭐가 달라요? 또한 직원이라고 업무 외의 일까지 강요하면 인권 유린이 될 수 있어요. 우리가 먼저 타인의 인권을 지켜주어야 장애인의 인권 보장도 말할 수 있는 것입니다. 협회 임직원이면 누구든 협회의 공적 일만을 업무로 맡은 것이고 커피 타는 일은 업무 밖의 일입니다. 환담실 커피는 누구나 셀프로 타 드시라고 마련한 것입니다. 임직원 누구든 커피 타는 일을 시키시면 안 됩니다."

회장은 전오성까지 나서자 더 단호하고 냉정히 말했다. 사실 회장이 말한 내용들은 장애인 일자리에 참여하는 모든 이들이 반드시 이수해야 할 기본 교육의 내용이다.

"보지도 못하는 사람이 커피를 타서 마셔요?"

양구남이 고성으로 따졌다.

"안내 보조사님이 함께하시잖아요. 그보다 더한 것도 아무 도움 없이 혼자 능숙하게 잘하시면서 왜 그러세요? 하루이틀 오신 것도 아니고, 가입 후 수년간이나 날마다 오셨으면 사무실 어디에 무엇이 어떻게 있는지 다 아실 텐데요."

협회장은 냉정하면서도 차분하고 공손하게 말했다. 양구남과 전오성은 말발이 통하지 않자 몹시 불쾌한지 다른 이사들까지 몰고 나가 버렸다. 주령은 어제도 오늘처럼 이사들보다 일찍 나왔던 최 여사와 부회장 두 여인이 끝까지 침묵한 것이 괘씸했다. 같은 여성끼리 어쩌면 그리도 모른 척하는지? 찍소리 못한 두 여인에게 배신감을 느꼈다. 교회에 다니라는 말의 반의반만 해 주었어도 이사들의 횡포를 막아 내기에 충분할 일이었다. 어제 일로 주령은 협회장의 요양 보호사 은보를 똑바로 보기가 민망하다. 주령이 태어나서 처음으로 마음이 끌리는 사람이 은보라서 더 그렇다. 그가 자신을 싹수없고 냉정하다고 생각할 수 있기 때문이다. 입대로 대학을 휴학했던 은보는 제대한 지 열흘쯤 되었다. 곧바로 복학하지 않고 요양 보호사로 나선 이유가 무엇인지는 아직 모른다. 복학하기 전 경험을 쌓기 위해 아르바이트를 해 보는 거라고만 말했다. 인연이 되었던지 수십 년간 협회장을 돌보던 요양 보호사가 코로나19 확진자로 격리되었을 때 대신했다가 줄곧 하게 되었다. 때맞추어 나타난 은보가 한 달 계약할 수 있었다.

속되지만, 사귈 상대로 그 조건을 따져 본다면 가람이 은보보다 못하지 않다. 외모를 비유로 표현하자면, 가람이 키 높고 튼튼한 교목이면 은보는 떨기 좋은 관목 정도다. 가람은 부모가 시내에서 유명 가구 매점을 운영하니 재력도 괜찮다. 명문대를 졸업했다 하니 학력도 휴학 중인 은보보다 낫다. 나이도 주령보다 두 살 위인 가람이 네 살이나 아래인 은보보다 주령과 잘 어울린다. 그러나 그런 모든 조건은 주령의 마음을 조금도 움직일 수 없다. 오히려 짜증을 잘 내는 가람의 성격보다 서글서글한 은보의 온순한 성격에 더 마음이 끌린다.

은보에게 주령의 마음이 꽂힌 건 한순간이었다. 그날도 한참 동안 전화벨이 울려도 받지 않아 누구인지 보았더니 협회장 휴대폰이었다. 협회장 전동 스쿠터엔 늘 지퍼 열린 크로스백이 달려 있다. 그 속에 뚜껑 여닫이 식의 구식 모델 휴대폰과 지갑, 메모장과 볼펜, 휴지 등이 들어 있다. 마비되어 가는 몸은 굳어진 팔을 뻗고 오므리는 것조차 불가하다. 손을 움직일 수 있으나 매우 더디기에 크로스백의 지퍼를 늘 열고 있다. 전화기를 꺼내려는 협회장 동작이 나무늘보의 움직임보다 더 더딘 것 같다. 환담실에 대기하고 있는 은보가 전화를 받아 주기 쉽지 않을 것이라서, 곁에 있던 주령이 얼른 전화기를 꺼내 회장의 손에 쥐어 주려고 가방에 손을 넣었을 때다.

어느새 다가왔는지 가방 속으로 동시에 팔을 뻗어 온 은보의 가슴이 주령의 어깨에 가볍게 접촉했다. 그 순간 그의 야릇한 체취에 두룽둥당 가슴부터 온몸을 띄우는 생애 처음 느껴 보는 감동이 일었다. 주령의 온정신이 그에게 점령되는 순간이었다. 그후 그의 체취, 표정, 동작, 차림새 등을 떠올리며, 자신도 모르는 사이 멍해져 있을 때가 많다. 시도 때도 없이 그를 떠올리며 혼자 실실 웃거나 우울한 자신을 깨닫고 놀란다. 이성을 찾자, 분수를 알자, 할 일에 집중하자, 다짐해 보지만 일각도 못되어 다시 멍때린다. 협회에서 만날 땐 그의 시선에 행복해지고 퇴근하고 잠 잘 때까지 온통 그를 생각하게 된 것이다. 주령은 그에 대한 자신의 마음이 언감생심임을 잘 안다. 왼쪽 귀밑부터 뒷목을 감싸고 돌아 오른쪽 젖가슴까지, 오물이 말라붙은 것처럼 거대한 점을 지닌 자신을 은보가 좋아할 리 없다. 또 상고 졸업으로 진학을 멈춘 학력도 일류 대학 복학을 앞둔 은보 앞에선 결격일 것이다. 그러한 자곡지심에 서글픔으로 빠져드는 자신이 우울증이 아닌 것만은 확실했다.

협회장이 사무실에 나타나자 양구남과 전오성은 이사들을 모아 회장의 면담을 요청했다.

"김 회장! 우리와 대화 좀 합시다!"

컴퓨터를 열던 협회장은 약간 짜증이 난 눈초리다. 협회장은 천천히 전동 스쿠터를 돌려서 환담실로 나갔다. 주령도 이사들이 또 무슨 말을 할지 궁금하다. 물을 마시려는 척 회장을 따라 환담실로 나갔다.

"무슨 일인지 말씀하세요."

회장은 담담하고도 간단 명료했다. 양구남이 걸걸한 목소리로 나섰다.

"우리가 이사로 당선증을 받은 지 벌써 보름이나 지났잖소."

회장은 대꾸 대신 묵묵부답으로 듣고만 있었다.

"이사를 새루 뽑었으면 이사훨 열으야 헐 껏 아니유?"

양구남 목소리가 커서 거슬릴 것 같았는지 전호성이 조용하게 나섰다. 회장은 머리를 주억거리며 대답했다.

"아시다시피 그동안 한 달에 한 번씩 정기 이사회를 해왔잖습니까? 이달 이사회가 열흘도 남지 않았는데 서두를 이유가 있습니까?"

"정기회의가 있어도 때론 임시회의도 할 수 있잖습니까?"

폼으로 살고 폼으로 죽을 것처럼 근엄하게 보이려는 김종만 이사가 나섰다.

"그러니까 임시회의를 열어야 할 만큼 긴급한 일이 무엇이랍니까?"

"지난번 총횔 비대면으루 헌 것이 잘못된 거란 말이지유~."

전호성이 이유를 들며 설명해도 회장은 납득할 수 없는지 얼굴을 찌푸리며 대꾸했다.

"비대면 총회가 잘못되다니오? 아시다시피 코로나 때문에 장소 마련에 실패했고, 비대면이지만 엄연히 전 회원들께 찬반을 물어서 찬성을 얻었고, 이사님들까지 당선을 확정한 총회가 무엇이 잘못되었다는 것입니까? 그 총회가 잘못되었다면 이사님들도 자격 없으신 것입니다."

"그래서! 이사회를 못 열겠다는 이야기야?"

양구남이 벌떡 일어서며 반말로 소리를 질러 댔다. 불쾌감을 나타내지 않으려는 협회장의 낯빛이 파리하다.

"정기 이사회까지 기다리세요."

협회장의 대답은 여전히 조용하고도 냉정하다.

"서둘러서 하루라도 빨리 마무리해야지 뭐하려고 그때까지 질질 끄는 거야?"

"협회 일이 바빠서 서두를 수 없습니다."

"이사인 우덜을 아주 우습게 여기네. 헐 수 읎군. 우리 방식으루다 허지. 갑시다."

전오성이 이사들을 이끌고 우루루 몰려 나갔다. 갑자기 환담실이 조용해지며 어색한 침묵이 깔렸다. 협회장이 어색함을 깨트리며 초대된 행사에 다녀오겠다고 활동 보호사와 함께 나갔다. 사무실에 가람이와 또 둘만 남았다. 부딪치지 않으려고 긴장되어 호흡하는 공기마저 무겁다.

"다섯 십니다. 퇴근하세요."

행사에 갔던 회장이 막 들어오며 지르는 말이다. 여섯 시 퇴근인데 협회장은 꼭 다섯 시면 직원들 모두에게 퇴근을 권한다. 사실 그 시간이면 일이 있어도 손에 잡히지 않는다. 회장도 자신이 퇴근하기 위해 장애인 콜택시를 부르려고 활동 보호사에게 전화를 걸게 할 때였다.

"어? 잠깐요. 회장님 이것 좀 보세요. 카페 게시판에 이사님들이 뭐 올렸는데요?"

뉴스나 생활정보를 얻으려고 인터넷을 돌던 가람이 다소 놀라는 소리를 했다. 협회장은 귀찮게 무슨 일이냐는 듯 서두르지 않고 인터넷을 열었다. 주령도 종료시키려던 컴퓨터를 다시 열고 인터넷을 불러 로그인했다.

방문자 수가 제법 되는 중장협 홈페이지 게시판이었다. 이사들이 협회장 탄핵을 위한 총회를 개최하겠다는 공고였다. 사유는 협회장이 모두 자기 고집대로만 한다는 것이었다. 거기에 주령을 근무 태만과 불손하여 해고한다는 내용이었다. 주령은 어쩌면 좋을지 회장을 쳐다보았다.

"탄핵 사유가 되지 않고, 주령 씨는 내가 인정하는 일꾼이니 걱정할 것 없어요. 개의치 말고 일이나 열심히 합시다."

이사들의 움직임으로 볼 때 무시할 일이 아닌데 협회장은 여유를 보인다. 자신이 탄핵당할 만큼 잘못한 것이 없으니 괜찮다고만 한다. 주령이 생각할 때도 협회장 말이 맞는 말이다. 세상의 어떤 단체가 그 정도 일로 회장을 탄핵할 수 있을까? 더구나 이사 임명이 되자마자 첫째로 하려는 일이 회장 탄핵이라니 어이없다. 하지만 회장이 이사들과 대화를 해 봐야 할 필요가 있다. 하다못해 증거 채록이라도 해 놓아야 마음이 놓일 것이다. 회장 의사와 관계없이 증거될 만한 것이면 모두 모아서 따로 보관하려는 생각이다.

이사들은 중장협 홈페이지 공고만으로 끝내지 않았다. 전 회원에게 회장 탄핵을 위한 총회를 개최하겠다는 공문을 띄웠다. 직인을 도용한 가짜 공문을 발송했다. 협회가 점점 들끓는 용암으로 바뀌고 있다. 이사들은 협회장 탄핵한다는 총회를 개최해 놓고도 아침마다 협회로 몰려와서 협회장이 없으면 성토하고 있으면 주령을 상대로 시비를 걸어댔다. 주령은 그때마다 증거 마련으로 녹취를 해 왔다.

주령이 병원에 약을 타러 가는 날이다. 급한 일을 해 놓고 병원에 가야 하니 컨디션이 매우 좋지 않아도 사무실부터 나왔다. 이사들은 여전히 환담실에 모여 앉아 떠들어 대고 있다. 그 옆을 지나려니 끔찍하다. 찬물을 마시고 진정하며 병원에 가려고 환담실로 나갔다.

"야! 윤주령! 어제 김정민이 여기 왔었지?"

"예."

김정민은 이사들 편이 되어 때때로 전화해서 협회장과 주령을 불쾌하게 하던 감사다. 어저께 그가 이사들과 다투었다고 사무실에 찾아와 회장에게 무엇인가를 고했었다. 주령은 그가 달갑지 않아 화장실 가는 척 자리를 떠나 있었다. 양구남은 협회장 앞에서 대놓고 회장을 성토하지 못하고 대신 주령에게 시비를 시작하는 것이었다. 눈치를 챈 주령은 간단 명료하게 대답한 것이다.

"김정면이 회장에게 무슨 이야기 했는지 말해 봐."

젊잖게 낮은 소리로 묻는 말이지만 상당한 강요성을 담고 있다.

"모릅니다. 딴 일을 하느라고 듣지 못했습니다. 회장님 계시니 직접 물으세요."

주령은 기분이 내키지 않지만 애써서 최대한 공손히 말했다.

"뭘 듣지 못해서 몰라아? 회장에게 물어보라고? 바로 곁에 붙어 앉아 있으면서 듣지 못했다니? 어디라고 거짓말이야? 어서 말 못 해?"

드디어 그의 본색대로 소리를 높이 질러 댄다.

"못합니다. 못 들어 못 하지만 들었대도 이간질이 될 수 있어서 옮길 수 없습니다."

주령은 그가 알아듣도록 또박또박 말했다.

"이거 봐, 이거 봐. 이사를 이따위로 우습게 여기는 싸가지 좀 봐. 묻는 말에 순순히 말하진 않고 또박또박 대꾸해대는 것 좀 봐. 직장 상사의 명령이니까 어서 말해!"

"저 병원에 가야 합니다."

주령은 자리에 벗어 놓았던 안경을 찾아 쓰려고 사무처로 들어갔다.

"야! 어서 말해!"

소리를 질러 대는 양구만은 귀로 듣는 것만으로도 주령의 움직임을 면밀하게 파악하고 있었다. 주령은 안경을 찾아 쓰며 회장에게 고했다.

"저 병원에 좀 다녀올게요."

협회장은 머리를 주억거려 허락했다. 돌아서서 출입구가 있는 환담실 쪽으로 나가는데, 계속 떠들어 대던 양구남이 앞을 막아서며 소리 질렀다.

"왜 말을 안 해? 이사가 우습냐? 엉? 이 싸가지야!"

"이사님 제게도 묵비권이 있어요. 강요하지 마세요."

주령의 목소리도 커졌다.

"이게 어디라고? 대들어? 그래 어디 덤벼 봐라!"

양구남이 큰소리치며 갑자기 육중한 몸으로 주령의 몸을 세게 부딪쳤다.

"어마앗!… 아유… 왜 이러세욧… 저랑 싸우자는 거에요?"

하마터면 뒤로 나자빠질 뻔했을 정도로 큰 충돌이었다.

"그래 덤벼 이것아! 앞 못 보는 나랑 잘 보는 너랑 누가 이기나 해 보자!"

주령은 치솟아 오르는 분노를 누르며 냉정하게 마음을 다스렸다.

"저 병원에 가야 하니 비켜 주세요."

"못 비켜! 내 비록 눈은 못 보지만 귀는 밝아서 너 움직이는 것 다 아니까 어디 해 봐! 말하기 전엔 절대 못 나가!"

한 번 더 참기 위해 주령이 주먹을 움켜쥐며 팔을 부르르 떨 때였다.

"이사님, 저 회장님 활동 보호사 현은보라는 사람입니다. 정말 듣지 못해서 말 못하는 사람을 잡고 이러시면 이사님 체면만 구깁니다. 자리 앉으셔서 저랑 이야기하시죠."

은보가 나서 주며 양구만의 행패가 주춤해진 사이 주령은 협회를 나올 수 있었다. 잠깐 멈추었던 양구만의 높은 목소리가 다시 뒷덜미에 날아오는 것을 느끼며 주령은 엘리베이터를 탔다. 한숨 돌리며 생각해 보니 은보가 고마웠다. 현은보 아니었으면 어떤 봉변을 당할지 모르는 상황이었다.

문제의 근원은 센터장이다. 센터장은 협회장과 함께 협회를 창립하고 함께 운영해 온 협회장과 절친한 사이였다. 센터도 협회 산하에 있고, 무급 봉사나 다름없는 협회장과 달리 연봉 3,000만 원의 유급직이다. 그런 센터장이 회장이 독재한다고 끌어내리기 위해 이번 비대면 총회를 통해 선출한 새 이사진 열 명 중 여덟 명을 자기편으로 채웠다. 주령이 객관적으로 판단해볼 때, 협회장이 독재해서 그만둬야 한다면 창립 때부터 여태 해 온 센터장도 마찬가지다. 특히 직업을 삼아 온 센터장이야 말로 사실상 독식한 것이다. 오히려 협회장은 결혼도 하지 않고 기초 생활 수급으로 혼자 살아오면서, 단돈 만 원의 후원금이라도 모두 협회 통장으로 받고 협회를 위해 청춘을 바쳐 왔다. 활동비로 사용하라고 법인카드를 마련해 주었으나, 주령이 근무해 온 넉 달 동안 이사들과 했던 오찬 비용 단 한 번뿐이다. 협회 회계 업무를 맡아 보는 주령이 인터넷 뱅킹으로 그동안의 협회 소유 통장 입출금 내용을 보고 확인한 사실이다. 이사진이 직인을 도용 소집한 총회는 회원 250명 중 5명과 센터 직원 2명, 나머지 이사진 등 모두 17명 참석했다. 이사 하나가 한 사람 동원도 못 한 총회였다. 사실상 무산이나 다름없다. 그런데도 이사들은 회장을 징계하는 일을 계속 추진했다. 그 첫 번째가 주령을 협회장과 떨어트리는 것이었다. 주령을 발령한 시 복지과에서 주령에게 다른 곳으로 옮기라는 명령이 내려졌다. 회장이 격분했지만, 속수무책일 수밖에 없었다. 주령 말고는 아무도 협회장을 제대로 돕는 사람이 없기 때문이었다. 하루 6시간 돌봐 주는 현은보도 한계가 있었다. 가람은 오히려 센터장에게 사주 된 것처럼 중요한 시기마다 딴짓했다. 카페 게시판의 탄핵 글에 대한 해명 공문을 그가 우편 발송했던 일도 매우 의심스럽다. 240명의 회원들에게 우편 발송하고 받아온 영수증의 발송 통 수가 180명뿐이었다. 나머지 60명의 것은 어떻게 했는지 의심스럽다. 영수증을 자세히 보지 않았다면 모르고 넘길 뻔했다. 주령이 따져 물으니 당황한 표정을 짓다가 신경질을 내며 우체국으로 뛰어갔다. 한참 뒤에 센터에서 사무를 보는 여성과 매우 닮은 목소리로, 우체국 직원이라며 자신의 실수라 말하고 영수증을 다시 보내왔다. 또 그가 의심스러운 까닭은, 주령이 챙겨 둔 회원 가입 증명서 원본들이 한꺼번에 사라진 일이다. 서류를 보관하는 캐비닛과 서랍 등 모두 찾아도 없었다. 주령이 찾을 땐 침묵하던 그가 며칠 후 갑자기 센터장 도우미가 가져갔다고 말했다.

"그걸 왜 이제 말해?"

"회장님도 너도 함께 있을 때 내주었으니 알고 있을 줄 알았지."

회원 개인 정보라서 함부로 내줄 수 없는 중요한 서류임을 회장도 주령도 잘 알고 있다. 역시 회장도 '내준 일이 전혀 기억나지 않는다.' 하고, 주령도 내준 일이 기억나지 않았다. 그런 가람이 이번엔 이틀을 휴가 내었다. 협회에 주령도 없는데 하필 때맞추어서 휴가인가? 이사진들과 한통속이 아닌지 의심스럽게 여기기에 충분하다. 협회장은 이사들이 불법으로 자신을 징계한다고 법적으로 대응하겠다고 한다. 몸조차 자신을 돕지 않는데, 더딘 동작으로 그 일을 추진하기란 불가능할지도 모른다.

주령은 그런 회장이 딱해서 돕고 싶었지만, 일터가 바뀌었으니 어렵게 되었다. 더구나 이메일로 주고받으며 도울 일조차 어렵게, 동장이 이사진들과 한통속인 5동 행정자치센터의 주민 자치부에 발령이 났다. 보던 사무 일을 인수인계할 틈도 주지 않았다. 주령이 협회에 출근하는 마지막 날 퇴근 시간이 가까워지며 소지품을 챙기는데 협회장이 격분했다. 항의하겠다고 복지과로 전화했지만, 담당 공무원은 부재중이라고 받지 않았다.

"세상에 이럴 수 없지. 내가 직접 찾아가 따져 보는 수밖에."

이미 끝난 상황이라 해도 협회장은 듣지 않고 나섰다. 주령도 소지품 상자를 들고 협회를 나왔다. 비가 내리고 있었다. 협회장은 시청으로 가기 위해 부른 장애인 차량을 기다리며, 전동스쿠터에 앉아 하염없이 내리는 비를 바라보고 있다. 주령의 눈에 그 모습이 더없이 외롭게 보였다.

"그거 내가 들어다 줄게."

불쑥 나타난 가람이 주령의 소지품 상자를 덥석 잡았다. 놀란 주령은 소름이 돋도록 가람이 끔찍해서 쌀쌀맞게 뿌리쳤다.

"싫어! 그럴 여유 있거든 회장님이나 따라가서 도와!"

냉정하게 쏘아붙이고 택시를 불렀다. 문자가 왔다.

"현은보입니다. 제가 주령 씨를 따로 한 번 만나 뵙고 싶은데

가능한지요?"

마음 깊숙히 재워 두었던 그에 대한 감정을 활딱 깨우는 문자였다. 가슴이 뿌듯해지며 만나고 싶은 마음이 부풀었다. 그 마음을 누르는 건 정신 더 깊숙이 도사리고 있던 고질적인 결점 의식이다. 싸잡아 표현하면 주령의 자격지심이겠지만 미련을 버릴 생각이다.

또 문자가 떠서 폰을 열었다. 이번엔 가람이였다.

"실은 내가 너 좋아해서 관심을 가졌는데, 넌 내 마음을 몰라주는구나. 남자가 가오가 있지, 있는 그대로 보여 줘야겠니? 이젠 너랑 다시는 못 만날 것 같아 가오 떨어지는 걸 감수하고 고백하는 거다."

가람의 문자를 읽으며 주령의 마음이 달라졌다. 택시에 몸을 실으며 소지품으로부터 잠시 손이 놓이자 휴대폰을 들고 문자를 찍었다.

"회장님 때문에라도 뵈어야겠어요. 시간과 장소를 정해 주세요."

현은보에게 답장 문자를 보내고 이내 가람에게도 답장 문자를 찍는다.

"가오가 더 필요하면 내가 현은보 씨에게 문자 하느라고 떨어트린 가오가 길에 깔렸으니 주워다 써라. 참고로, 가오는 일본말인 줄이나 알고 있니?"

빗물이 차창 밖이 잘 보이지 않을 정도로 시원하게 쏟아져 내린다.

작가의 말

무거리 예찬

1

“동시 쓰는 사람이 무슨 소설이냐? 한 우물만 파도 제대로 하기 어려운데.”

대놓고 나무라는 이들이 여럿인데 속으로 비웃는 이들은 더 많을 것이다. 명천 선생께서도 대놓고 말하신 이 중 한 분이셨으니, 지금이라도 명천께 반항하고 싶다. 선생님께선 그 많은 소설을 쓰시는 중에도 동시뿐만 아니라 희곡, 산문을 쓰시고 왜 제게만? 한 우물만 파기에도 매우 부족한 재주를 보셨고, 감당하지 못할 체력이 염려스러우셨을 것이다. 그렇지만 소설을 써서 신춘문예에 응모한 적이 있다. 2001년 1월 1일자 신문에 발표하는 신춘문예였다. 세 편을 써서 한 편씩 세 신문사로 보냈다. 그중에 동아일보로 보낸 「거꾸로 흐르는 강」이 최종심에 올랐었다. 그때도 명천께 꾸중만 들었다. 그리고 그 후로 쓰지 않았다. 머릿속에 가득하게 차오르는 거친 세파로 인해 동시 소재의 터앝이 황폐해져 갔다, 깨끗이 제거하지 않고는 더 이상 동시를 쓸 수가 없게 되었다. 게으르고 재주 없어서 못 쓰는 동시에 대한 핑계로 삼기에는 유리했다. 소설로 상처를 걷어 내야 할 것 같아 자서전처럼 『하늘까지 75센티미터』 장편을 내도 나의 글 터앝은 엉망을 벗어나지 못했다. 그래도 계속 써야 동시도 써지기에 이렇게 소설집을 내게 되었다. 나이 칠십인 이제서 소설을 써 보았자 얼마나 쓸까? 소설가로 이름이 알려질까? 소설로 문학상 받을 욕심을 낼 만할까? 언감생심일지니, 그런 목적도 기대도 없다. 다만 단 한 분의 독자라도 내 소설을 읽고 공감해 주기를 바라는 매우 큰 욕심이 있다. 그 욕심만 이루어진다면 더 바랄 것이 없다.

2

어린이로 산촌에서 살 때다. 제사나 설이나 추석 같은 명절, 또는 혼인이나 환갑 같은 잔칫날 전날이면, 어머니와 할머니는 분주하게 떡을 하셨다. 요즘은 떡집에 맞추지만, 예전엔 집에서 직접 만들었다. 쌀과 곡식 등을 키로 까부르고, 물에 일어서 조리로 건지고, 물을 뺀 다음 절구로 찧고, 체로 쳐서 고운 떡가루를 준비한다. 체에서 하얗고 고운 떡가루가 내릴 땐 동요 「눈이 옵니다」의 2절에 나오는 "하늘나라 선녀님들이 하얀 가루 떡가루를 자꾸자꾸 뿌려줍니다."를 떠올리며 구경했다.

고운 가루를 빼낸 체에 거친 가루가 끝까지 남는다. 그 거친 가루가 '무거리'다. 무거리는 떡으로 쓰이지 못하고 옆으로 제쳐 놓인다. 팥과 녹두, 서리태, 수수 등 잡곡들도 모두 소중하게 쓰여 떡이 되는데, 거칠어도 명색이 쌀가루인걸, 쓸모없어 버려지거나 닭 모이로 가는 줄만 알았다. 선녀님들이 뿌려 주는 떡가루와는 별개로 여겨지고, 왠지 잔치에 들지 못하는 외로운 무거리로 보였다. 요즘의 왕따와 같은 처지로 알았던 것이다.

어머니는 삶은 팥과 녹두를 껍질 벗겨 내고 정성을 다해 떡고물을 만들었다. 시루떡과 인절미와 송편은 고물이 맛있어야 떡도 맛있다. 송편은 빚어서 가마솥에 직접 넣어 찌지만 시루떡은 시루에 넣어 찐다. 어머니는 시루와 아귀가 맞는 가마솥에

물을 듬뿍 붓고, 떡가루와 고물을 번갈아 켜켜이 넣은 시루를 올렸다. 곧바로 무거리를 찰지게 반죽하여 가마솥과 시루가 닿은 틈이 완전히 덮이도록 발랐다. 가마솥에서 올라오는 뜨거운 김이 시루로만 통하고 솥과 시루 틈으로 새지 않도록 막은 것이다. 시루떡이 설지 않고 잘 익히도록 막아 주는 시룻번으로 반죽한 무거리를 사용한 것이다. 왕따 같은 무거리가 떡을 맛있게 이는 일에 매우 중요한 역할을 하게 된 것이다. 떡으로 끼지 못하더라도, 잔치를 위해, 제사를 위해 공을 세운 것이다. 사람들은 떡만 주거니 받거니 맛있게 먹고 떡 이야기만 한다. 무거리나 시룻번 따위는 기억도 하지 않는다. 헌 바가지에 따로 담아 살강에 넣어 두었던 시룻번을 떡이 떨어진 날 늘 먹을 것이 부족한 아이들이 찾아 내어 먹는다. 누룽지나 과자와 같은 간식거리로 마지막까지 자기 역을 다하는 것이다.

3

머구리를 했던 '건준' 같은 인물 말고도 우리 사회엔 무거리의 사연이 많다. 한 가지만 예를 들면, 유령 마을이 되어 가는 농촌 마을의 노령 세대들이 무거리라 할 수 있다. 식민지와 전쟁의 상처로 가난했던 세대들, 마른 일 궂은일 가리지 않고 고생하며 가난을 극복해 낸 세대들, 이젠 소외되어 사라져 가는 세대들 이 사회의 무거리 아니고 무엇일까?

이처럼 여러 분야 여러 계층에 각각 다르고 다양한 무거리들이 있다. 이 소설집이 그 무거리 이야기를 전하려는 뜻으로 쓴 것은 아니다. 다만 무거리에 대한 인식이 제대로 열리는 데 작은 일깨움이라도 되길 바라는 마음을 조금 넣었을 뿐이다. 독자께 넌지시 권유해 드리고 싶은 마음이다. 제게 쓸 기회가 주어지는 대로 무거리와 관련된 이야기들을 좀 더 많이 써 내도록 노력할 것이다. 이 소설집을 내기까지 서울문화재단의 원로 예술인 지원이 큰 힘이 되었다. 그쪽에 감사한다.

2024년 7월
보령에서 안학수

해설

이야기로 넘어서기

최시한(작가, 숙명여대 명예교수)

말이 형성되던 아득한 과거에, 낱말들이 모여 줄거리 있는 무엇을 나타내게 된 형태, 그게 이야기(서사)이다. 그것의 원시적 모습을 짐작하려면 할머니가 손주한테 들려 주는 '옛날이야기'를 떠올려 보면 된다. '그래서~ 그래서~'가 연속되며 어떤 광경을 그려 내어 감동과 호기심을 품게 하는 것, 그것이 이야기의 원형이다. 한 세기 전까지만 해도 그 형식과 매체가 발전하면서 이룩된 최고의 예술이 소설과 연극이었다. 디지털 혁명이 일어나 이른바 '이야기 산업'이 호황을 누리는 오늘날, 줄거리 곧 스토리가 있는 이야기 형태는 헤아릴 수 없이 다양해졌다.

안학수는 동시 작가로 널리 알려져 있다. 하지만 그는 이야기꾼이기도 하다. 장편소설도 『하늘까지 75센티미터』, 『그림자를 벗는 꽃』 두 편을 내었는데, 후자는 3권으로 된 야심작이다. 시인이 말을 줄이고 줄여서 거기 박힌 보석들을 갈아 낸다면, 소설가는 말을 늘이고 늘여서 삶의 줄거리를 형성하고 또 경험을 어떤 모습으로 형상화한다. 줄거리가 있는 것과 없는 것, 안학수는 대조적인 그 두 갈래의 글을 평생 함께 지어온 것이다. 이는 그리 흔한 예가 아니다.

그래서 안학수 작가론을 하려면 시와 소설 두 쪽을 모두 살피거나 한쪽에 서더라도 다른 쪽까지 고려해야 하는데, 모두 쉬운 일이 아니다. 무엇보다 두 장르가 문학 안에서도 대립적인 면이 강한 까닭이다. 따라서 여기서는 작가가 두 장르의 창작을 함께 해왔다는 사실만 일단 기억하면서, 이 소설집에 수록된 여섯 편의 소설을 중심으로, 작가의 글쓰기 활동 자체에 접근해 보고자 한다. 이야기를 중심으로 '무엇을 어떻게 쓰는가', '왜 그렇게 쓰는가'를 살핌으로써, 다양한 작업을 해온 작가의 내면을 엿보려는 셈이다.

서두에 언급한, 이야기에 대한 이야기로 돌아가 보자. 인간은 '이야기하는 존재Homo Narrans'라고 한다. 이런 말이 있을 정도로 인간은 이야기 짓기 즉 스토리텔링을 즐기며, 또 그렇게 만들어진 이야기들 속에서 '살아간다'. 이야기는 표현 도구이기만 한 게 아니라 인간이 살아가는 조건 혹은 방식 자체인 것이다. 학자들은 인간의 뇌가 이야기 양식으로 정보를 생성하고 저장한다고 한다. 근래 문화 변화를 선도하고 있는 인공지능AI도 정보 처리에 문법과 함께 이야기 양식을 활용한다.

이 소설집에 수록된 작품들은 과거와 현재의 교차가 빈번한 플롯을 자주 사용하고 있다. '현재'의 이야기 속에 '과거'가 삽입되는 이러한 구성은 소설에서 흔히 쓰이지만, 그 빈도가 잦고 규모도 커서 인과 순서에 따르는 이야기의 기본 서술 방식이 매우 '낯설어진' 경우가 많다. 이야기를 논할 때 대개 먼저 제재와 주제에 관심을 두며, 작가의 산문정신을 중요시한다. 그런데도 이처럼 시간 중심의 구성 방식부터 살피는 것은, 그 형식과 내용이 긴밀히 연관되어 있으리라는 추측 때문이다.

수록 작품들에서 대개 그 '과거'는 상실과 좌절로 점철되어 있다. 엄밀히 말하면, 상실과 좌절을 겪은 여러 사람의 '개인 이야기'로 점철되어 있다. 조금 예를 들자면, 교역자가 되려는 길이 편견이나 제도의 벽에 막히며(「죄 없는 사탄」, 「머구리에서 무거리로」), 한국전쟁, 일제의 지배 같은 역사적 질곡에 영혼을 바친 사랑과 헌신이 가로막힌다(「바람 장벽」). 따라서 '현재'는 그것을 반추하는 노여움의 시간이요, "세상 누가 자신에게 어떻게 대하든지 깊은 바다처럼 이내 잔잔한 마음을 지니자"(「머구리에서 무거리로 」)고 다짐하는 체념의 시간이다. 이렇게 보면, 이들 작품에서 교차적 구성은, 과거의 좌절에 매몰되지 않고 그것을 기록하고 증언하며 삶을 지속하려는 의지의 소산이다. 물론 평면적 구성을 깨어 서술을 입체화하려는 의도도 있지만, '과거' 때문에 평안하기 어려운 '현재'를 견디고 넘어서기 위해 회상이 이루어지고 있다고 보는 것이다. 그것을 아주 박진감 있게 보여 주는 장면이, 「바람 장벽」에서 '과거'의 이야기와 만나기 위해 어머니의 옛 사람을 찾아 깊은 산길을 파고드는 아들의 '현재' 모습이다. 여섯 편 가운데 일인칭 서술형식이 없는 점도, 그런 견딤과 극복의 서술이 띠기 쉬운 자기고백적 인상을 줄이기 위함일 터이다.

그런데 앞의 네 편 가운에 역사적 질곡을 다룬 뒤의 두 작품은, '과거'의 길이가 매우 길고 사건이 복잡하여 스토리 규모가 크다. 그에 따라 '현재'의 이야기가 상대적으로 줄어들며 노여움과 체념의 색채도 흐려진다. 작가가 한국 근대사를 배경으로 삼은 세 권짜리 대작 『그림자를 벗는 꽃』을 썼음을 환기시키는 이런 작품들은, 이야기가 소박한 '개인사'에 머물지 않게 하려는 의지의 산물이다. 개인적 회한을 넘어 삶을 구속하는 폭력을 고발하고 증언하고자 집단적·역사적 과거를 재현하는 쪽으로 나아간 것이다. 이런 점은 작가가 스토리텔링의 의미를 단지 '문학적'인 데만 두고 있지 않음을 보여 준다.

한편 과거와 현재의 교차가 적고 비교적 균형을 이루고 있는 나머지 작품들(「종말이 지나간 세상」, 「가오가 더 필요하면」)은 비교적 단편소설다운 긴장과 풍속 묘사를 담고 있다. 다른 작품들에 비해 과거보다 '지금, 여기'의 비판과 풍자가 승하다. 오랜 세월 소설가 이문구 선생 곁에서 배운 면모가 엿보이는 작품들이다. 어찌 보면 이야기꾼으로서의 욕심을 억누른 것처럼 보이는 이런 작품들이 오히려 '단편 규모의 이야기'다운 모습을 지니고 있는 점은 다소 반어적이다.

여기 수록된 작품들을 관통하는 사상은 비리非理를 거부하는 비판정신으로 보인다. 작가는 현재 한국의 사회적 질병들, 곧 이른바 '빨갱이'를 만들어 내는 정치적 음모, 아집으로 뭉친 패거리주의, 인간성을 뭉개 버린 배금주의, 기독교단의 보수성 등이 얼마나 사람을 불행하게 만드는가를 '이야기'로 풀어 낸다. 여기서 주목되는 점은, 삼인칭 인물 시각적 서술, 즉 서술자가 주로 인물(초점자)의 시선과 생각을 따라가는 삼인칭 서술방식을 취하면서도, 그 인물을 긍정적 인물로만 설정하지 않는다는 사실이다. 그 인물은 서술자, 나아가 작자를 대변하기 쉬우므로 일종의 주권적 입장에 서는 경우가 많은데, 「조현병자의 아가페」, 「죄 없는 사탄」 등에서는 자신의 잘못이 노출되기도 하며 어떻게든 객관적이고자 노력하는 태도를 보인다.

소설에서 사회를 폭넓게 비판하는 일과 사회적으로 민감한

특정 문제를 다루는 일은 같지 않다. 문학의 사명을 고려하면 가릴 게 없으나 후자는 논쟁에 휘말리기 쉬우며, 「조현병자의 아가페」에 나오는 봉해처럼, 현실적으로 핍박과 소외를 당하기도 쉽다. 그러나 작가는 과감하게 비리를 문제 삼고 또 비판한다. 이는 소설 제목에 '종말' '사탄' '장벽' '조현병자' '무거리' 등과 같이 가치평가가 담긴 낱말들이 많이 사용되는 데서도 얼른 알 수 있다.

그러고 보면 앞서 살핀 과거와 현실의 교차 구성, 서술자의 기능 제한과 객관성 확보 노력 등은, 그러한 비판정신이 소설이라는 이야기 형태를 부자연스럽게 만들지 않게 하려는 장치들로 볼 수 있다. 비판을 하되 논설에 흐르지 않으면서 독자의 공감을 사기 위한 이야기 방식을 모색한 결과인 것이다. 이 '표현방식의 모색'은 비판정신의 소유자에게 보기 드문 미덕이다. 현실의 척박함은 대개 거친 표현을 낳고, 끝내 비판력마저 앗아가는 까닭이다.

여기서 작가가 동요 시인이기도 하다는 사실을 상기하면, 적이 놀라게 된다. 아무리 보아도 동요의 세계와 이 작가의 소설 세계는 거리가 멀어 보이기 때문이다. 소설에도 시적인 것을 추구하는 '서정적 소설'이 있는데, 앞에서 보았듯이 그의 작품들은 세계와 대결하는 서사성이 강하다. 무릇 서정성이 자아와 세계의 동화同化를 다룬다면 서사성은 자아와 세계의 갈등을 그린다. 그는 흡사 세상의 진창 속으로 들어가 하늘을 응시하는 듯하다.

이런 생각을 해 본다. 문학에 서정과 서사가 있음은, 인간의 영혼과 삶에 하나가 되려는 것과 갈등하지 않을 수 없는 것이 다 존재하기 때문일 터이다. 안학수는 두 가지 모두를 추구한다. 아니, 누구보다 큰 어려움을 안고 있음에도 불구하고, 사람다운 삶을 가로막는 발 딛고 선 현실의 질곡을 외면하지 않는다. 그리하여 그는 비판 정신이 강한 이야기꾼이자 '낙지네 개흙잔치'(동시집 이름)를 노래하는 시인이 되었다. 문학을 넓게 알기에 소설도 방법을 궁리하는 작품들을 쓰면서, 그렇게 이야기로 삶을 만들고 또 넘어서고 있다.

안학수 연보

1954년 충남 공주시 신풍면 출생

1958년 낙상 사고로 척추 장애를 갖게 됨

1962년 대룡초등학교 입학. 10월, 결핵성 종양과 하반신 마비로 휴학

1963년 충남 보령시로 이주

1966년 보령시 대천초등학교 2학년 편입

1969년 보령시 대남초등학교로 전학

1971년 보령시 대명중학교 입학

1974년 대명중학교 졸업. 9월, 충남직업훈련소 입소

1982년 천보당(금은방) 개업

1985년 서순희와 결혼

1992년 보령시 한내문학회 가입 활동

1993년 〈대전일보〉 신춘문예 동시〈제비〉로 등단. 아동문예 신인상 수혜. 대전충남아동문학회 가입. 충남문인협회 가입

1995년 대일문학회 창립회원

1997년 동시집 『박하사탕 한 봉지』(계몽사) 펴냄

1998년 한국아동문학인협회 가입. 충남문인협회 탈퇴. 민족문학작가회의(한국작가회의) 가입. 민족문학작가회의 대전충남지회 창립

1999년 한내문학회 탈퇴

2002년 천보당 폐업

2002년 천안 성거에서 대천으로 오가며 창작 활동 시작

2024년 동시집 『낙지네 개흙 잔치』(창비) 펴냄

2005년 『낙지네 개흙 잔치』가 우수문학도서에 선정됨

2009년 『낙지네 개흙 잔치』로 제12회 대전일보 문학상 받음

2010년 동시집 『부슬비 내리던 장날』(문학동네) 펴냄

2011년 『부슬비 내리던 장날』이 우수문학도서에 선정됨. 장편소설 『하늘까지 75센티미터』(아시아) 펴냄

2013년 『부슬비 내리던 장날』로 권정생 창작기금 수혜

2015년 『안학수 동시선집』(지식을 만드는 지식) 펴냄

2021년 장편소설집 『그림자를 벗는 꽃 1, 2, 3권』(작은숲) 펴냄

2023년 제1회 충남 작가상 수상

2024년 제1회 한국 작가상(동시) 수상

2024년 소천(8월 3일 오전 9시)

2024년 유고 단편소설집 『머구리에서 무거리로』(작은숲) 펴냄